中央高校基本科研业务费专项资金资助

Supported by “the Fundamental Research Funds for the Central Universities”

邓　程◎著

新诗的“懂”与“不懂”：

新时期以来新诗理论研究

中国社会科学出版社

图书在版编目(CIP)数据

新诗的“懂”与“不懂”:新时期以来新诗理论研究／邓程著.—北京:中国社会科学出版社，2014.6

ISBN 978-7-5161-4303-2

Ⅰ.①新… Ⅱ.①邓… Ⅲ.①诗歌研究—中国 Ⅳ.①I207.2

中国版本图书馆 CIP 数据核字(2014)第 106509 号

出版人 赵剑英
责任编辑 郭 鹏
责任校对 王 斐
责任印制 戴 宽

出 版 中国社会科学出版社
社 址 北京鼓楼西大街甲 158 号(邮编 100720)
网 址 http://www.csspw.cn
中文域名:中国社科网 010-64070619
发行部 010-84083685
门市部 010-84029450
经 销 新华书店及其他书店

印 刷 北京君升印刷有限公司
装 订 廊坊市广阳区广增装订厂
版 次 2014 年 6 月第 1 版
印 次 2014 年 6 月第 1 次印刷

开 本 710×1000 1/16
印 张 11.5
插 页 2
字 数 163 千字
定 价 38.00 元

目 录

第一章

新时期以来新诗状况、生产机制概观

（一）新诗历史的简单回顾及现状的简单描述

新诗自1917年诞生以来，至今已有百年光阴。百年里要说名诗人也不少，但要对新诗的成绩算一笔总账，我们却发现，自新文学诞生以来，新诗几乎是所有体裁中成绩最差的。对此，我们进行一点简单的回顾。

刚诞生的新诗，以现实主义风格为主，语言简单，寓意直白，在艺术上和诗基本没什么关系。但是，新诗挟新文化运动之威，把陈旧的古诗挤入边缘，占据了主流的地位。从此，新诗的合法性得以确立，白话诗成为诗歌的代名词。这不能不说是中国诗三千年未有之大变。20世纪20年代出现了所谓的浪漫主义，并且出了郭沫若这样的名诗人，但是郭沫若的诗其实大都是一些粗糙的口号，和艺术也沾不上边。尽管如此，新诗最早的成就却都和浪漫主义相关。郭沫若的《天上的街市》，徐志摩的《沙扬娜拉》，戴望舒的《雨巷》，是新诗最早的收获。新诗三十年，出了三首诗，也算不错了。因为一首诗的诞生，本来就是历史留给未来最珍贵的礼物，是可遇不可求的。

几乎和浪漫主义同时，出现了李金发的现代主义。20世纪30年代以后，现代主义逐步扩大地盘，到40年代蔚为大国，出现了“九叶诗派”（20世纪80年代追认）这样一个比较纯粹的现代主义诗派。现代主义是诗歌的瘟疫，不过现代主义在中国一直到20世纪40年代却还没有成为主流，便在1949年中断。

1949年巨变中断了现代主义的发展，然而却不是新诗之福，因为这时候新诗坠入了现实主义的泥坑。1949—1977年，大概三十年，新诗坠入前所未有的低谷。这个时候的新诗基本不值一提。

1978年，中国进入新时期。从20世纪70年代末、80年代初开始，到80年代末，新诗进入十年黄金期。中国新诗也就进入新诗诞生以来最好的时期。应该说，这个时期是可以称得上百花齐放、百家争鸣的。

新时期初期，有一批新锐登上新诗舞台，那就是以北岛、舒婷为代表的朦胧诗派。同时，老一代诗人像艾青、流沙河、曾卓等也焕发了青春。紧接着朦胧诗，第三代出现，出现了以于坚、韩东领衔的口语诗派等众多流派以及海子这样的家喻户晓的杰出诗人。

朦胧诗虽然缺点很多，但可以认为朦胧诗真正使白话新诗焕发了青春。1979年3月，《诗刊》发表了北岛的《回答》，朦胧诗正式走上诗坛。随后《诗刊》发表了舒婷的《致橡树》等，1980年《诗刊》又以“青春诗会”形式集中推出了十七位朦胧诗人的作品和诗歌宣言。随着朦胧诗影响的日益扩大，争论随之而起。80年代初发生了一场声势浩大的关于“朦胧诗”的论争，这场争论又进一步扩大了朦胧诗的影响。很快，北岛、舒婷、顾城、江河、杨炼等诗人名满天下。

平心而论，虽然朦胧诗影响很大，北岛等人在中国诗歌界几乎成为教父级的人物，但朦胧诗的艺术成就其实一般。朦胧诗的意义主要在于对现实主义诗歌的清算和思想的解放。

朦胧诗以后，就是第三代。笔者1987年入大学，刚好赶上第三代的尾巴，按于坚的说法，第三代从20世纪80年代初开始①，

---

①　于坚：《穿越汉语的诗歌之光》，载《1998中国新诗年鉴》，花城出版社1999年版。

徐敬亚1986年的“大展”，算是高峰期，1989年海子自杀，第三代结束，从此进入20世纪90年代后诗歌潮流。这是一个十分短暂的诗歌浪潮。

“1986年10月21日《诗歌报》总第51期推出‘中国诗坛1986现代诗群体大展’发表‘他们’、‘莽汉主义’、‘海上诗群’、‘西川体’等作品，《深圳青年报》又推出‘中国诗坛1986现代诗群体大展’（第二辑），发表‘非非主义’、‘大学生诗派’、‘日常主义’等20多个诗歌群体宣言与作品，都是两个整版。10月24日《深圳青年报》又推出‘中国诗坛1986现代诗群体大展’（第三辑）发表了‘朦胧诗人’、‘撒娇派’、‘整体主义’、‘现身在海外的现代诗人’的诗歌群体宣言和作品。”①

其间，大学生诗派、莽汉主义、非非主义、他们、日常主义、新口语、撒娇派等属于后现代主义，整体主义、新传统主义、新感觉派等则名义上属于现代主义。正是在第三代，后现代开始出现并与现代主义并肩作战，统一在现代派的旗帜下演出。他们的分道扬镳是必然的。但没想到一直到十多年后1999年的盘峰诗会这两派才正式决裂，不过这时，他们举的旗帜不同：一派叫知识分子写作，一派叫民间写作。

据徐敬亚等编的《中国现代主义诗群大观1986—1988》②，里边有五花八门的诗歌主张，此书笔者二十多年前读大学时即看过。20世纪80年代的重庆大学曾是一个大学生诗歌活动很活跃的地方，到1988年，笔者加入大学生诗歌活动时，文学社、诗社仍很火热。那时大家对诗都很虔诚，颇有点献身精神和勇气。80年代的文学风气现在看来非常遥远而不切实际，那时的青年人是80年代文学精神的最后一代传承者（也是受害者）。看来诗歌确实是青年人的事业。

---

① 杨四平：《中国新诗理论批评史论》，安徽教育出版社2008年版，第198—199页。

② 徐敬亚等：《中国现代主义诗群大观1986—1988》，同济大学出版社1988年版。

对于第三代，笔者同意于坚的评价，第三代诗歌是语言解放，是对五四白话诗运动的承接与深化。[①] 第三代彻底打开了新诗的局面，可惜，90 年代诗歌再一次把新诗拉入了死亡的深渊。第三代中，现代与后现代交织，但其中不乏一些真正的探索和才情，这期间的经验和教训同样值得我们认真总结。

在第三代中，成就最大的还是口语诗。口语诗确实使汉语重新具有诗的功能。第三代产生了一批相当优秀的诗人和作品，这短短的十年时间堪称新诗历史的一个高峰期。这些作品的名单大致如下：于坚的《高山》、《尚义街六号》，韩东《大雁塔》、《你见过大海》，宋渠、宋炜《家语》组诗，张枣《镜中》，海子《麦地》组诗。名单虽然不长，但是想一想，这是在贫瘠的新诗里产生的名单。要知道，按此标准，第三代以前，新诗自产生之日起的所有名单也不过这么多。第三代以前六十年（包括朦胧诗）大致只能列以下几篇作品：郭沫若《天上的街市》，徐志摩《沙扬娜拉》，戴望舒《雨巷》，艾青《我爱这土地》、《鱼化石》，流沙河《故园九咏》，食指《这是四点零八分的北京》。不用说什么李金发、卞之琳、冯至、穆旦，不用说什么臧克家、李瑛、牛汉、邵燕祥，也不用说什么北岛、舒婷、江河、顾城，可以说一首可以真正称得上诗、无愧于诗的作品也没有。第三代以后那更是一篇也没有。由此可以想象第三代在中国新诗的重要地位。

以上作品从语言上说，毛病很多，但是基本上找到了现代汉语的诗意，也就是说，从以上作品中，现代汉语不再是散文的现代汉语，而是诗的现代汉语。这是新文学运动百年来新诗的最大收获。新诗找到了一个正确的方向，找到了自己的道路。这个方向就是：一、口语，合乎语法的现代汉语，而不是病句的现代汉语。二、意象，具有古典结构的意象，而不是象征隐喻式的理性的图解。

---

① 于坚：《穿越汉语的诗歌之光》，载《1998 中国新诗年鉴》，花城出版社 1999 年版。

眼看新诗已经打开局面，即将走上正轨，可惜，20 世纪 80 年代的黄金时期昙花一现。90 年代如期而来。20 世纪 90 年代的经济大潮淹没了新诗的黄金期。

20 世纪 90 年代，文学包括新诗在内的轰动效应顿然消失，不仅如此，文学还迅速被边缘化，新诗处境翻天覆地。正是在这一段时间，大批的诗人改行，退出，还有一些诗人自杀。不仅如此，新诗内部也发生了一系列糟糕的变化。首先是体制上，面对商品大潮，新诗开始转入学院体制，苟延残喘。

于是 90 年代诗歌就变成由朦胧诗和第三代的现代主义二者发展而来的病句诗一统天下的局面。当然，第三代并不仅仅包括现代主义，第三代也包含后现代主义。这样，后现代主义也在 20 世纪 90 年代兴起，形成所谓的薛蟠体，并在 20 世纪 90 年代末病句诗与薛蟠体演变成知识分子写作和民间写作之争。①

新世纪的到来，并没有给新诗带来好运，新诗处境反而进一步恶化。新诗进一步被边缘化，2006 年甚至出现全民恶搞梨花体的现象。后现代主义（薛蟠体）顺应世界潮流，渐渐在诗歌界占据主流地位。病句诗继续占据学院的小额市场。新诗已濒临绝境。可还是有一批新诗界的学术权威大声宣布，新诗很好，新诗从来没有像现在这样好过。这又是为什么？还是和体制有关。

（二）当今新诗的生产机制

当代文学的文学生产机制可以用"一体化"这个概念来加以概括。"当代文学的'一体化'……首先，它指的是文学的演化过程，这就是我刚才说的，一种文学形态，如何'演化'为居绝对支配地位，甚至几乎是惟一的文学形态。其次，'一体化'指的是这一时期文学组织方式、生产方式的特征。包括文学机构、文学报

① 有关病句诗与薛蟠体的描述，参看邓程《困境与出路：对当前新诗的思考》，《文学评论》2007 年第 3 期。

刊、写作、出版、传播、阅读、评价等环节的高度‘一体化’的组织方式，和因此建立的高度组织化的文学世界。第三，‘一体化’又是这个时期文学形态的主要特征。这个特征，表现为题材、主题、艺术风格、方法等的趋同倾向。”① 从体制上而言，“文联和它的各种协会是50年代之后惟一的文艺机构。其他的文学社团、组织都不可能存在。”② “文革之前，中国作协在文艺领域的作用非常重要。”③ 在20世纪50到60年代，中国作协具有相当的权威性，而且这种权威性并不仅仅完全为当时的政治权力所赋予。这是因为对当时作协的领导及其成员还是强调要具备相当的权威性及文学实力。当时的作协主席是茅盾，副主席有柯仲平、周杨、丁玲、巴金、老舍、冯雪峰、邵荃麟。④而同时，50年代以后，大学不再掌握文学界的权力，而处于文学权力的边缘状态。“在50年代初，当时大学的文科教授和学者对文学界还有过一定的影响力，作协等权力机构也还借重他们的作用。像北大的吴组缃、朱光潜、王瑶先生，北师大的黄药眠、穆木天、李长之先生，还有其他学校和研究机构的教授，当时在文学界还有一定的影响和发言权，特别是在理论批评方面的影响。但是到50年代中期以后，这个影响迅速减弱了。”⑤至于社科院系统，和大学虽有差别，在笔者看来，无论其体制结构还是在文学权力结构中的位置及其升降沉浮，实际上还是比较类似的。

20世纪90年代以后，中国文学界发生了一个体制上的变化。“从现在看来，作协或者文联在中国文艺界的地位显然已经削弱，或者说它的威望，权威性已经极大降低了。90年代以来尤其如此。”⑥ 这时，大学和社科院这样的学术机构开始逐渐掌握了文学

① 洪子诚：《问题与方法》，三联书店2002年版，第188页。

② 同上书，第195页。

③ 同上书，第196页。

④ 同上书，第199页。

⑤ 同上书，第224页。

⑥ 同上书，第198页。

尤其是文学批评的权力。这样有什么变化呢？

应该说，在作协时代，虽然文学批评被政治控制，到“文化大革命”尤其理论先行，但20世纪50年代到60年代以及80年代，水平可能有差异，作协的领导及成员毕竟是专业作家，他们对文学作品的评价毕竟还有相当的专业眼光。20世纪90年代以后，批评家都由受到专业学术训练的学者担当，这就发生了微妙的变化。

大学和社科院系统的学者大都科班出身，知识面很广，理论储备丰富，这是学院批评家的优点。但是学院批评家大都从中文系毕业，而现行中文系的培养体系也是以理论为中心，进入中文系本科不像艺术院校有专业知识及素质筛选，硕士、博士入学考试时又考的是填空题，可以说成为学者完全没有20世纪90年代以前成为作家那样要经过残酷的竞争，而是轻松自如，基本没有竞争。从中文系出来的学者绝大部分既无文学天分也无文学兴趣，同时又都没有什么专业意义上的创作实践。这样的情况，要想不说外行话，是不可能的。但是学院批评家又要保持高产出的学术产量，那就只好发挥自己的理论优势，从理论出发，这样，肢解文学作品，过度阐释，把垃圾说成经典的现象也就屡见不鲜了。

正如大学被一道围墙隔离在一个小圈子里，学院派与文学永远隔一层。批评如此，创作也如此。学院派批评家什么都懂，能把历史上一切文学事实梳理得井井有条，理论与实践在批评家笔下严丝合缝。近代以来出版的文学史里更是有一条历史发展红线贯穿其中，它就是历史发展的伟大规律。这条规律给了很多人以幻想，暗暗希望自己也在规律之中。可惜这一切都是纸上谈兵。学院派洞悉一切历史，就是不懂现在。把一篇没有经过历史检验的小说，一首新鲜出炉的诗摆放在他面前，他立刻茫然失措，各种理论互相打架，无数的岔路纷至沓来，他晕了。怎么办？很简单，跟风。跟风永远不会错。

学院派的作家诗人和批评家就这样踌躇满志地运用自己的业余水平的文学能力，不辞辛劳地做着毁灭诗歌和文学的工作。这不能怪学院派，因为他们也不自知。

这么说来，文学批评的权力从作协转到大学，可以说，从业人员的素质水平是下降了。如何使我们的文学批评具备起码的文学判断力，使它恢复起码的专业水准，是我们当前的迫切任务。这是问题的一个方面。

同时，文学批评的权力从作协转到大学，专制的体制没有变，而且专制的程度更加提高了。

孟德斯鸠说：“一切有权力的人都容易滥用权力，这是万古不易的一条经验。有权力的人们使用权力一直到遇有界限的地方才休止。”“要防止滥用权力，就必须以权力制约权力。”[①]英国历史学家艾克顿也认为：“权力倾向于腐败，绝对的权力倾向于绝对的腐败。”[②]这些名言对中国学术界就好像量身定做的一样合适。因为中国学术界的体制就是这么一个体制。以前作协还有个上级部门管理，现在的学术界就是个独立王国。在中国学术界内部也没有互相制约的权力。中国学术界权力的集中程度就是跟中国社会其他领域相比也是惊人的。中国学术权威控制了学界舆论，也几乎控制了整个出版、期刊、评审、奖项、课题、经费以及学术单位的职位。由此引发的系列学术腐败已经有很多揭露，笔者这里就不重复了。

不过中国学界权力的集中还留下了一个漏洞，那就是学术期刊和出版社还没有彻底沦为学界的附庸。对这一点，某些学者极为不满。蒋寅说：“中国人文—社会科学领域的混乱和问题，很大程度上与发表—评估体制有关，而在发表的环节又与学术刊物编辑的职业化有关。‘核心期刊’及相关问题，其病根也在编辑职业化。目前国内的学术刊物，除少数高水平的刊物外，编辑大多不是受过系统学术训练的学者。本科或硕士毕业分配到刊物工作，尚无研究经验和知识积累，何从知悉学术的深度，判断来稿的质量？即使是

---

① 孟德斯鸠：《论法的精神》，商务印书馆1961年版，第154页。

② E. 博登海默著：《法理学——法哲学及其方法》，华夏出版社1999年版，第347页。

学有专攻，从事研究工作的学者，一旦成为专职编辑，处理大量的稿件，没有时间做研究，天长日久也会与学术疏离，把握不到学术的脉搏。这时，他们就常会被一些表面的喧哗所吸引，猎取一些题目新鲜或标榜新理论、新方法而实则空洞无物的论文；或者为作者所欺，将老掉牙的问题当原创性成果推出。当今的学术刊物很少有知识积累的意识，只想吸引读者，宁愿登一些题目大而无当、内容一般的文章，也不愿意刊登题目小而有深度、专门性强的论文，这应该说与编辑的职业化有关。由此产生的流弊，已对学术造成很大的伤害。至于编辑职业化形成的权力机制及由此导致的腐败风气，更早已是学术界有目共睹，议论纷纭了。学术刊物编辑的职业化，是政治干预之外，中国学术的另一大不幸。”①应该说，虽然什么叫有深度，什么叫大而无当也有个人口味的区别，蒋寅说的还是有一定道理，所以各刊物纷纷引进匿名审稿制以改进弊端。但是，蒋寅又说：“学术刊物取消专职编辑，将审稿工作交给学者，编辑部只处理日常编务，那一定会提高学术刊物的编辑水平，肃正学术风气。”这完全是一厢情愿的空想。这样做，不仅不会肃正学术空气，反而会加速败坏学术空气。道理很简单，如今的学术期刊主编终审制，期刊编辑和主编的相对独立性使得期刊对学术界有一定的独立性。如果像蒋寅所说的那样，期刊由学者把握，而期刊又不开放经营权，刊号继续严加控制，那么学术期刊就会完全划归学术界的势力范围，期刊就会更加高度地被垄断，腐败只会更加严重。那样的话，你永不可能听到不同的声音，一百年，一千年，只会有一种声音回荡在学界的上空，永不变更。“绝对的权力倾向于绝对的腐败”，信然！事实上，匿名审稿制现在也已经造成了刊物的同人化。表面上，刊物的文章更专业了，其实范围更狭窄，风格更单调了，合乎规范的平庸之作充斥了所有的学术刊物，观点独到、立意新颖的文章已很难看到。

① 蒋寅：《编辑职业化——当前学术刊物的病根》，《学术界》2001年第6期。

虽然，期刊和出版社（还有网络）是学界“圈地运动”的最后一个漏洞，就新诗而言，不同的声音就还可能出现。但是，现在看来，这个漏洞迟早会被补上。不知那一天的到来，学术界又是一个什么局面。会不会形成中国古代中央集权式的皇帝制度?

打散高度集中的学术权力，在学界形成一种权力制约机制，是学术发展的前提。当然，它也是新诗重新获得活力、诗歌再一次获得新生的前提。舍此之外，一切都是空谈。这是问题的第二个方面。

新诗批评的大权转入学院，与此同时，诗歌生产也开始由学院负责，20 世纪 90 年代并因此形成第一个学院诗派：“知识分子写作”。据说这个派别是国内诗歌核心流派，其小圈子非常严密而有力，有一批人为其保驾护航，更多的人想挤进去而不得。同时，新世纪以来，诗人纷纷采取不同的方式进驻学校，利用大学的平台，扩大影响，加强与学院派批评家的联系。诗坛的接班人也由学院按单一的理论批量生产。这样，问题就更严重了。

与学院体制相对应，当前新诗生产的第三个问题也是最根本的问题是由于病句诗和薛蟠体的盛行，使得新诗的准入完全没有门槛，也彻底失去了标准。而这正是学院体制所欢迎和希望的。因为这掩盖了学院派的所有不足，也为学院派随心所欲地使用自己的权力提供了方便。诗歌失去标准有力地保证了学院体制的长盛不衰。

是病句诗使得“看不懂”成为标准，同时也就是没有标准。

诗歌历来没有标准。不过，有经典作品作为准绳，有审美体验作为内在的判断背景，作品的好坏判断还是有一个大概的方向的。但病句诗使任何作品没有区别，因为所有的作品都是一个特征：看不懂。一个写了几十年病句诗的老诗人，比如欧阳江河和一个文盲用随机拼凑的方法写的诗没有任何区别。可能文盲的诗更有意味，能解读出更多的东西。你这叫老实的批评家怎么办?诗歌失去了标准，诗人就失去了意义。第三代诗人将是最后一代靠文字本身出名的诗人，以后的诗人就得靠行为艺术才能成为诗人，因为文字已经失去了作为诗歌的意义，对于病句诗而言，世界上的诗只有一首，永不增加，永不减少。

薛蟠体能看懂，至少也得有薛蟠的文化水平才能写诗，这个比病句诗略好一点。但是薛蟠体的门槛也很低，主要原因在于经典作品太少。勉强可以称得上经典的作品还是薛蟠的两首诗，薛蟠还是个虚构的人物。

诗歌已经没有了门槛，这让称为艺术的诗歌情何以堪。

权力集中于学院并由此带来的学术垄断，而学院由于自身专业素养的缺乏导致对新诗方向把握的力不从心，这两个方面结合在一起，是新诗挣扎在死亡线上的体制上的主要原因。那么，是不是可以汲取历史的经验和教训，有没有什么办法呢？

从目前情况来看，恢复作协或者文联在中国文艺界的地位，使它重新成为与学院对立的权力机构，以制约学院的滥用权力，虽然在理论上行得通，但有许多现实困难。最关键的一个问题就是作协或者文联的权威性已经极大地降低了，社会舆论普遍认为，作协或者文联要为当代以来的文学衰败负责。人们有一个根深蒂固的看法，那就是作协或者文联是当代文学概念化、理性化的根源，作协或者文联养了一大批吃闲饭的作家和诗人不说，还打击压制文坛的文体实验和思想实验。作协或者文联还使人联想到行政干预，破坏作家和诗人的创作自由，文艺服从于政治，等等。在市场经济的今天，在文化市场化浪潮一浪高过一浪的今天，在文化部门不再插手文艺创作和评论的今天，重新建立作协或者文联的权威，发挥它们的作用，是一件不太可能的事。

那么跳过当代，进入现代，看看有没有什么办法？

现代文学的权力分配机制有一个特点，那就是没有能控制全局的机构。新文学三十年，报纸、期刊、杂志、出版社基本上没有控制，或者控制很少。还有就是社团漫天飞。新青年、学衡派、甲寅派、现代评论派、少年中国学会、新潮社、文学研究会、创造社、语丝社、莽原社、未名社、浅草社、沉钟社、晨光社、湖畔诗社、新月社、太阳社、现代派、中国诗歌会、左联、上海艺术剧社、文艺界抗敌协会、七月诗派、九叶派……数不胜数。这些社团的存在及出版的自由使得现代文学三十年不存在一个一统天下的权力机构。这是现代文学繁荣的体制上的根本原因。其实当代文学的20世纪80年代也是流派漫天飞的时代，也造成了文学繁荣的景象。至于后来为什么这些流派全部一夜间销声匿迹？学术专制是如何产生并得到巩固的？这个问题值得大家认真探讨。

不管怎么说，当今世界甩开一切细枝末节，进入了后现代，中国也不例外。后现代是一个彻头彻尾的商业社会，在这个时代，金钱成就了一切，也摧毁了一切。

北岛说：“自50年代后，诗歌在世界范围内开始走下坡路。这并非意味着苦难不复存在，而是人们不愿再正视它，越来越繁荣的电视等声像媒体，正迎合甚至创造了这种心理。文字退居次要地位。这不仅仅是中国诗歌的问题。”现在“没人读诗了，很多诗人放弃写作。这是中国文化中的一大弊病——急功近利。商业化败了诗歌的火，因为商业化更急功近利。”①

北岛说得很对。文化市场化从美国开始，席卷全世界，中国也终于搭上了这一班末班车。急功近利的商业化杀死了美国文学和诗歌，它也是世界文化沙漠化的罪魁祸首。在沙漠里种不出树，在文化沙漠里也不可能有诗歌。

我们能做什么？答曰：一切作为都是白搭。从文化的角度而言，我们可能已经进入一个漫长的黑暗的隧道，可能要一百年，可能就是一千年，就像西方中世纪一样漫长。甚至就像有人宣布的，文学死了！那就永远走不出黑暗了。

---

① 翟頔：《中文是我惟一的行李——北岛访谈》，《书城》2003年第2期。

第二章

晦涩：新诗的“懂”与“不懂”

第一节 中国的现代主义诗论

（一）历史的回顾

中国新时期以来的现代主义诗歌以朦胧诗为发轫。按王泽龙的概括，中国早期现代主义在20世纪30年代形成，新诗诗论在30年代也因而探讨了一些重大的核心的问题，其中就有穆木天、梁宗岱的契合论，穆木大、李金发对朦胧的阐述，以及闻一多、周作人、梁宗岱、穆木天对兴与象征的联系。① 这应该是比较准确而全面的。

穆木天等提出“纯诗”论。“纯诗”来自象征主义诗论，顾名思义，纯诗强调写心灵状态，强调诗区别于散文的特点，看来它是绝对自由的——除了被象征所束缚。由于象征，就出现了如影相随的晦涩。这个问题当然要解决，否则现代诗便站不住脚。威尔逊曾说：“去暗示事物而不是清楚地陈述他们乃是象征主义最重要的目标之一。”② “诗人的任务就在于发现创造那唯一能够表现他的个性和情绪的特殊语言。这样一种语言必须使用象征。这种象征是特殊

---

① 王泽龙：《中国现代主义诗潮论》，华中师范大学出版社2008年版，第30—41页。这里利用了王泽龙搜集的一些材料，特此致谢。

② 威尔逊：《阿克瑟尔的城堡》，转引自王泽龙《中国现代主义诗潮论》，华中师范大学出版社2008年版，第33页。

的，多变的，朦胧的，因而不可能经由直接的陈述和描绘来表现，而只能通过一系列的语言和形象暗示给读者。”①

于是中国现代派诗论者拾人牙慧，穆木天说道：“诗不是像化学 $H_2+O=H_2O$ 那样的明白的，诗越不明白越好。”诗应该表现“可见而不可见，可感而不可感的旋律的波。”“若听见若听不见的远远的声音。”“若飘动若不动的淡淡的管线，若讲若讲不出的情肠”。他还说：“诗要有大的暗示能。”“诗是要暗示的，诗最忌说明的。”②

1932 年杜衡给朦胧做了阐述：“在梦里泄露自己底潜意识，在诗作里泄露隐秘的灵魂，然而也只是像梦一般的朦胧的。从这种情境，我们体味到诗是一种吞吞吐吐的东西，术语的说，它底动机是表现自己与隐藏自己之间。”③

李金发更是把朦胧美作为现代派的原则性的特征：“诗的想象，似乎需要一些迷信于其中，如此它不宜与用冷酷的理性去解释其现象，以一些愚蒙朦胧，不显地尽情去描写事物的周围。”④

又有所谓契合论，梁宗岱在《象征主义》一文中说：“我们既然清楚什么是象征之后，可以进一步追踪象征意境底创造，或者可以说，象征之道了。像一切普遍而且基本的真理一样，象征之道也可以一言以贯之，曰‘契合’而已。”⑤ 所谓契合指的自然与人的心灵的契合，通过象征这一杠杆。于是产生了含蓄：“所谓融洽是指一首诗底情与景，意与象底惝恍迷离，融成一片，含蓄是指它暗示给我们的意义和兴味底丰富和隽永。”⑥

梁宗岱曾对象征与比作出明确区别，文艺上的象征与修辞上的比不能混为一谈，比是“基于想象底‘异中见同’的功能的拟人

---

① 转引自王泽龙《中国现代主义诗潮论》，华中师范大学出版社 2008 年版，第 33 页。

② 穆木天：《谭诗》，见《创造月刊》第一卷第一期 1926 年 3 月。

③ 杜衡：《望舒草·序》，见《望舒草》，现代书店 1933 年版。

④ 李金发：《艺术之本源与其命运》，《美育》第三期 1929 年 10 月。

⑤ 梁宗岱：《象征主义》，见《诗与真》，外国文学出版社 1984 年版，第 71—74 页。

⑥ 同上书，第 69 页。

和托物”，比虽然也分显喻与隐喻，但无论何种比，仍“只是修辞学底局部而已”。而且比“只是把抽象的意义附加在形体上面，意自意，象自象。”① 穆木天则说：“或者有人会提出问题，一切文学都是象征的，象征是从来就有的。”“不错的，杜牧之，是在诗里使用象征的，李后主，也是在诗里使用象征的。拉马丁、雨果、雪莱、戚慈、雷芝托夫，都是在诗里使用象征的，然而，象征派的以前的诗人所用的象征，是与象征派诗人的象征不相同的。”不同在哪里呢?“在一般的作家身上，象征只是好些的表现手法之一，是借用某种生活的现象去表现其它的生活的现象。可是，在象征主义诗人们，象征是对于另一个永远的世界的暗示，即是他们的创作上的主要的方法。”② 这是非常有意思的材料，从“另一个世界”的提法，可以看出那一代人对象征主义的深入了解。

到了20世纪40年代，袁可嘉对现代主义诗论在中国的进一步完成起了重要的推动作用。

袁可嘉说：“现代诗重新发现诗是经验的传达而非单纯的热情的宣泄。”③“一切虚伪，肤浅幼稚的感情，没有经过周密思索和感觉而表达为诗文，便是文学的感伤。”④ 这就是40年代的诗论与诗歌的倾向，即智性化的发展。袁可嘉因此说：“抽象观念必须经过强烈感觉才能得着应有的诗的表现。”他评论冯至的《十四行集》：“主要并不得力于观念本身，而在抽象观念能融于想象，透过感觉、感情而得着诗的表现。”⑤

现代主义诗歌的象征主义本性决定了它的风格的面目，它本质是

---

① 梁宗岱：《象征主义》，见《诗与真》，外国文学出版社1984年版，第64、65页。

② 穆木天：《什么是象征主义》，载郑振铎、傅东华编《文学百题》，生活书店1935年版。

③ 袁可嘉：《诗与民主》，天津《大公报·星期文艺》1948年6月8日。

④ 袁可嘉：《论现代诗中的政治感伤性》，《益世报·文学周刊》1946年10月27日。

⑤ 袁可嘉：《诗与主题》，《大公报·文艺副刊》1947年1月21日。

理性主义和神秘主义的结合。因为理性主义，它声称要反对抒情，反对感伤，反对强烈的冲动，以一种理智、平衡、温和的面貌出现，表达一些自己觉得很深刻的哲理，用繁复的句式修饰出来。因为神秘主义，它一定会晦涩、朦胧，把象征个人化。把神秘的个人体验用只有自己知道的象征意象，打乱语法结构，不顾动词宾语的搭配，也不管句子有没有写完，前言不搭后语地表达出来，其结果是制造一大堆病句，以形成上帝代言人的效果，这是现代主义的宿命。

袁可嘉又提出所谓新诗戏剧化的口号：“要尽量避免直截了当的正面陈述而以相当的外界事物寄托作者的意志与情感”，像戏剧一样，置于戏剧性的客观环境中，“在现代诗里，第三人称的单数复数有普遍地代替第一人称单数复数的倾向，尤以最富戏剧性的奥登为最显著。”① 又有所谓想象逻辑论，“艾略特认为，‘想象逻辑’是把不协调的品质调和，诗人的想象能把逻辑上不相容的经验结合起来，使诗的不同张力求得和谐。艺术想象，在艾略特那里是综合的，有升华作用的，能化生活素材为艺术经验的‘白金片’。瑞恰兹认为艺术想象是能满足最大量意识活动。导致最丰富生活价值的宝物。”②

袁可嘉亦步亦趋，也提出想象逻辑，反对概念逻辑，想象逻辑是“诗情经过连续意象所得的演变的逻辑”。因此诗人才能“集结表面不同而实际可能产生合力作用的种种经验，使诗篇意义扩大，加深，增重”③。“在艾氏较长的诗作里，我们时常遇到一些来无影去无踪的突兀的片段。骤然读来，往往令人莫名其妙，但当我们稍稍冷静下来，把诗情发展的曲线在心中重描一遍，便会恍然于它们的配合作用。”④ 其实，这些突兀的片段，也是晦涩的重要来源之一。

从以上简略的回顾可以看出，在新文学最初的三十年，新诗界对象征主义已经有了全面而准确的了解，已经涉及象征主义的所有

---

① 袁可嘉：《新诗戏剧化》，《诗创造》第十二期1948年6月。

② 王泽龙：《中国现代主义诗潮论》，华中师范大学出版社2008年版，第51页。

③ 袁可嘉：《新诗现代化的再分析》，《大公报·星期文艺》1947年5月18日。

④ 袁可嘉：《谈戏剧主义》，《大公报·星期文艺》1948年6月8日。

基本要素。即便现在看来，也非常令人吃惊。

（二）朦胧诗论争

20世纪40年代以后，现代主义在中国消失了三十年，这当然是一件好事。不过同样糟糕的是，现实主义诗歌兴起了。现实主义，还诗歌，可以想象这是怎样的一场灾难。现代主义一直到20世纪80年代才又东山再起，随着现代主义的再起，就有了看不懂的呼声，随着看不懂的呼声，为现代主义辩护的理论理所当然重又兴起。

朦胧诗争论，现在看来，积极的意义大于消极的一面。其中谢冕的《在新的崛起面前》采取一种宽容、平和的心态，为朦胧诗鼓劲，体现出可敬的艺术胸怀，但话也没有说死：“我们一时不习惯的东西，未必就是坏东西，我们读的不很懂的诗，未必就是坏诗。我也是不赞成诗不让人懂的，但我主张应当允许有一部分诗让人读不太懂。世界是多样的，艺术世界是复杂的。即使是不好的艺术，也应当允许探索，何况古怪诗并不一定就不好。”① 谢冕等人的文章，和朦胧诗一起，开启了新诗的一个全新的局面，它最大的功劳是清洗了三十年之久的标语口号诗，那些僵尸般盘踞在文学殿堂的现实主义诗歌作品。中国新诗从诞生之日起，一直是所有文学体裁中成绩最低的一项，而1949—1977年这三十年的诗歌其虚假做作粗糙又达到难以想象的令人作呕的地步。从这个意义上来说，朦胧诗及以谢冕为代表的诗歌批评家是功不可没的。

但并不是说，朦胧诗就没有问题。笔者说过，新诗在新文学各门类中成就最低，这其中就包括朦胧诗，也包括第三代，90年代以来的病句诗和薛蟠体。如果说80年代的诗歌还有一些过得去的诗，那90年代以来又重新堕入新诗的谷底。这一切是怎么来的呢？还和朦胧诗相关。

重温二十年前发生在中国大陆的一场关于朦胧诗的论争，我们发

---

① 谢冕：《在新的崛起面前》，《光明日报》1980年5月7日。

现，在这场论争中，面对"朦胧"这一新诗潮现象，论争者大致分为两派，一派持反对态度，其理论依据为现实主义理论，另一派持支持态度，其理论依据则为西方现代派理论。① 在反对派中，除了使用现实主义理论②，有时又从中国古典诗词中寻找理论依据。③ 在赞成派中，对中国古诗传统一般持批判态度，但也有以古诗来印证朦胧诗的，同时，又有人把朦胧诗的产生用现实主义理论来阐释。④

这场论争的结果是众所周知的。现代主义理论取代了现实主义理论在诗坛的统治地位。自此之后，现代派诗歌成了诗歌的主流。这种诗歌，以表现自我为指导原则，对现实、人生持漠视的态度，推崇非理性，在创作方法上采用象征、隐喻等手法。在风格上朦胧、晦涩，又与传统现实主义的明快、单调恰成对比。

而事实上有关朦胧诗的讨论，核心问题即有关理解的问题，即朦胧、晦涩的合法性问题。这是我国新诗界对晦涩、朦胧的第一次认真、全面、直接的讨论，其中经验教训值得我们认真总结。⑤

虽然公刘的文章发表在先，不过朦胧诗的得名和争论均起始于

---

① 孙绍振：《新的美学原则在崛起》，见《诗刊》1981年第3期；徐敬亚：《崛起的诗群》，见《当代文艺思潮》1983年第1期。

② 程代熙：《评〈新的美学原则在崛起〉》，见《诗刊》1981年第4期。

③ 章明：《令人气闷的"朦胧"》，见《诗刊》1980年第8期。

④ 公刘：《新的课题》，《星星》（复刊号）1979年；顾工：《两代人》，《诗刊》1980年第10期。

⑤ 相关文章如下：章明《令人气闷的"朦胧"》，《诗刊》1980年8月；张炯《也谈诗的"朦胧"及其他》，《诗刊》1980年10月；顾工《两代人——从诗的"不懂"谈起》，《诗刊》1980年10月；丁力《古怪诗质疑》，《诗刊》1980年12月；谢冕《在新的崛起面前》，《光明日报》1980年5月7日；孙绍振《给艺术的革新者更自由的空气》，《诗刊》1980年9月；孙绍振《新的美学原则在崛起》，《诗刊》1981年3月；程代熙《评〈新的美学原则在崛起〉——与孙绍振同志商榷》，《诗刊》1981年4月；礼谆、臻海《非理性主义与"崛起的诗群"》，《文艺报》1981年第11期；臧克家《关于朦胧诗》，《河北师院学报》；艾青《从朦胧诗谈起》，《文汇报》1981年5月12日；李黎《"朦胧诗"与"一代人"——兼与艾青同志商榷》，《文汇报》1981年6月13日；陈仲义《新诗潮变革了哪些传统审美因素?》，《花城》诗专号增刊1982年第5期；徐敬亚《崛起的诗群——评我国诗歌的现代倾向》，《当代文艺思潮》1983年第1期；郑伯龙《在"崛起"的声浪面前——对一种文艺思潮的剖析》，《当代文艺思潮》1983年第6期。1984年3月5日《人民日报》发表徐敬亚的自我检讨，正式宣告朦胧诗论争的结束。

《诗刊》1980年8月发表的章明《令人气闷的“朦胧”》。章明在文章中提到:“少数作者大概受了‘矫枉必须过正’和某些外国诗歌的影响，有意无意地把诗写得十分晦涩、怪僻，叫人读了几遍也得不到一个明确的印象，似懂非懂，半懂不懂，甚至完全不懂，百思不得一解。”紧接着，文章分析了杜运燮的一首诗《秋》。这种分析长期被新潮诗评家嘲笑。章明说:“‘连鸽哨也发出成熟的音调’，开头一句就叫人捉摸不透。初打鸣的小公鸡可能发出不成熟的音调，大公鸡的声调就成熟了。可鸽哨是一种发声的器具，它的音调很难有什么成熟与不成熟之分。天空用‘平易’来形容，是很希奇的。紊乱的气流经过发酵，说气流经过发酵，不知道是不是用以比喻气流膨胀，但膨胀的气流酿出透明的好酒又是什么意思呢?‘秋阳在上面扫描丰收的信息’，信息不是一种物质实体，它能被扫描出来吗?……‘经历春天萌芽的破土，幼叶成长中的扭曲和受伤’，这样的句子读来也觉得别扭，不像是中国话，仿佛作者是先用外文写出来，然后再把它译成汉语似的。”笔者看这个分析，觉得真是妙不可言。可不是吗?现代主义可不是就这样不可理喻吗?“连鸽哨也发出成熟的音调”，现代主义诗歌全是这样牵强附会自作聪明的隐喻。作者的意思是因为秋天丰收，所以秋天是成熟的季节，于是鸽哨也发出成熟的音调。可是什么样的音调是成熟的呢?能感受体会得到么?不能。音调成了“秋天成熟”这个概念的牺牲品了。另外，天空用平易来形容，秋阳在上面扫描丰收的信息，都是用了一些隐喻，而思维方式则是从概念到概念，一大堆概念堆砌在一起，莫名其妙。它们首先妨碍理解，然后创造新意象，冲击陈旧感受的目的又不可能达到。

随着谢冕、孙绍振的文章的发表[①]，朦胧诗争论有朝一边倒的

① 参看谢冕《在新的崛起面前》，《光明日报》1980年5月7日，孙绍振《给艺术的革新者更自由的空气》，《诗刊》1980年9月，《新的美学原则在崛起》，《诗刊》1981年3月。

趋势。虽然丁力发表《古怪诗质疑》[①]、臧克家《关于朦胧诗》[②]、艾青《从朦胧诗谈起》[③]、程代熙《评〈新的美学原则在崛起〉——与孙绍振同志商榷》[④]、礼谆、臻海《非理性主义与“崛起的诗群”》[⑤] 等文章相继刊出，但是这一批反对文章理论功底太弱，说不出什么道理。而且动不动就拿社会主义现实主义、为人民服务等大帽子压人，等于自打耳光。也有的拿中国古诗的朦胧与朦胧诗相比较，但所论大都乏善可陈。[⑥] 于是晦涩不仅没有被打压，反而蓬勃发展，渐渐成为主流。谢冕说，“读得懂或读不懂，并不是诗的标准”，[⑦] 此话本来是为朦胧诗辩护的，但被反过来成为事实了。20世纪80年代以后至今，读得懂固然不成为标准，但读不懂却成为了诗歌的标准。诗越读不懂，诗的档次越高。这真是一个疯狂的时代。[⑧]

① 丁力：《古怪诗质疑》，《诗刊》1980年12月。

② 臧克家：《关于朦胧诗》，《河北师院学报》1981年第1期。

③ 艾青：《从朦胧诗谈起》，《文汇报》1981年5月12日。

④ 程代熙：《评〈新的美学原则在崛起〉——与孙绍振同志商榷》，《诗刊》1981年4月。

⑤ 礼谆、臻海：《非理性主义与“崛起的诗群”》，《文艺报》1981年第11期。

⑥ 真正在朦胧与晦涩方面有所发现的还是曹顺庆。他的《含蓄与朦胧——中西文艺理论比较研究札记》，见《文艺评论》1985年第6期，区分了中国古诗的含蓄与西方现代艺术的晦涩，十分精当。

⑦ 谢冕：《凤凰，在烈火中再生》，《长江》1980年第2期。

⑧ 对先锋派的质疑一直存在，相关文章如下：张雷《八十年代最后一季暴雨——对中国诗坛一九八九实验诗集团显示的批评》，《诗歌报》1990年第4—5期。戴达《危机：先锋诗歌的自我阉割》，《诗人报》1990年3月总第六期。杨远宏《一个抒情诗时代的终结》，《诗歌报》1994年第12期。张清华《另一个陷阱或迷宫——我看80年代后期以来的诗歌》，《文论报》1998年4月28日。钱玉林《当代先锋诗十病》，《文汇读书周报》1997年10月。王玉树《“先锋”并非先锋》，《华夏诗报》1998年2月第115期。谢冕《丰富而又贫乏的时代——关于当前诗歌的随想》，《文学评论》1998年第1期。谢冕《有些诗正在离我们远去》，《中国文化报》1997年7月28日。孙绍振《后新潮诗的反思》，《诗刊》1998年第1期。孙绍振《向艺术的败家子发出警告》，《星星》1997年第8期。陈钊淦《崛起论者也该反省了》，《华夏诗报》1998年11月第117期。章明《是谁败坏了新诗的声誉——读石河子来信有感》，《华夏诗报》1998年11月第121期。谢冕《世纪反思——新世纪诗歌随想》，《河南社会科学》2004年第3期。林贤治《新诗：喧闹而空寂的九十年代》（上下），《西湖》2006年第5、6期。林瑞艳《非议90年代以来的中国诗歌》，《厦门文学》2007年第1期。邓程《困境与出路：对当前新诗的思考》，《文学评论》2007年第3期。李建平、孙基林《论当代诗歌精神的两大误区》，《求索》2012年第5期，等等。

（三）晦涩理论的建立

朦胧诗之后是第三代。张立群认为：“‘朦胧诗’的并不完全意义上的现代主义既是其成功的地方，同时也是其最终由于‘曲高和寡’而遭到失败的重要原因。在1985年之后，本当是更大规模的现代主义写作可以集体出场的时候，但‘朦胧诗’却因为过早地退离历史的舞台而被更为年轻的一代抛掷脑后。”[①] 说得很对。作为一个不完全的现代主义诗歌运动，它很快就被第三代超越。而第三代，则是更时髦的诗歌运动，在很多方面具有更多的后现代特征。关于第三代以及90年代以来的诗歌理论及实践，像知识分子写作、日常经验关注、叙事性，我们在后现代章节还要详细讨论。第三代及其以后，除了有关现代性和晦涩的理论，相关现代主义的诗歌理论也基本上消失了。

对于晦涩理论的建立，臧棣做了一定的努力。臧棣有一篇文章《现代诗歌批评中的晦涩理论》[②]，对现代诗歌批评关于晦涩的言论做了一番总结。但是仔细看完，发觉这些言论意义不大。它们要么把比兴与象征混为一谈，要么泛泛而谈，无论赞成还是反对晦涩，都老生常谈，言之无物。这里就不细致评论了。

臧棣还有《新诗的晦涩：合法的，或只能听天由命的》一文，是正面建设的晦涩理论。文章意思是说，新诗的晦涩要么是合法的，要么就只能听天由命。也就是说，晦涩是必然的，无可动摇的，你看不懂也得看，受不了也得受。为什么呢？臧棣说：“谈论新诗的晦涩时，人们应避免一种先入之见，把诗歌的‘晦涩’仅仅归咎于诗人所采取的表现手法。诗歌的晦涩有它的认识论方面的来源，人的认识本身就包含着晦涩的成分。”“明晰、明白无法完整地透析出生命的奥秘。”“暗示比直白更纯粹、更符合

---

① 张立群：《回首中的名与实——重读“朦胧诗”》，《青岛大学师范学院学报》2004年9月。

② 臧棣：《现代诗歌批评中的晦涩理论》，《文学评论》1995年第6期。

诗歌的纯粹的标准。""诗歌的想象高于日常经验。""内心、灵魂、意识活动，往往并不是那么容易理解的。"[①]从这里看出，臧棣对象征主义并不完全了解。象征主义的晦涩的形成百分之百是由于它的表现手法，和内心、灵魂、意识活动的不可理解没有任何关系。换句话说，一切文学作品的晦涩都是来源于作品的表现手法，和内容没有任何关系。不可理解的东西多了去了，从本质上而言，我们可以认为任何东西都不可完全理解，据笔者所知，古今中外，没有一个学派认为一切都在人类掌握之中。我们可以说，最不可理解的是上帝、神、死亡，其次是人生、意识、潜意识，再次是日常生活、客观世界，都不可理解或不可完全理解。但是，在象征主义以外，相关题材的作品无论中外，都不是晦涩的。所以臧棣说的，其实是两回事，事物的晦涩和作品的晦涩，他把二者混为一谈了。

西川说："当一个人孤独的时候，也就是一个人感到不为世人所理解的时候，也就是一个人'晦涩'的时候。应该从理解人的晦涩状态开始向世人解释中国当代诗歌，因为中国当代诗歌常常被指责为'晦涩难懂'。既然每个人都有他'晦涩难懂'的时候，何以诗歌 就必须'通俗易懂'？在今天这样一个充满尴尬的时代，可以说'通俗易懂'的诗歌就是不道德的诗歌。"[②]王家新说："令人费解的诗总比易读的诗强/比如说杜甫晚期的诗，比如说策兰的一些诗/它们的'令人费解'正是它们的思想深度所在/艺术难度和精髓所在/它们是诗中的诗，石头中的石头/它们是一扇朝向永恒的窗户/也是火焰中难以融化的冰。""人生是令人费解的/世界也经常超出我们的理解之外/诗有点令人费解/请不要生气/作为一个诗人/我会尽量把诗写得像菜谱一样简单/可是菜谱/有时人们看来看去/也看

---

① 臧棣：《新诗的晦涩：合法的，或只能听天由命的》，《南方文坛》2005 年第 2 期。

② 西川：《写作处境与批评处境》，见陈超编《最新先锋诗论选》，河北教育出版社 2003 年版，第 310—311 页。

不懂。”（王家新《答荷兰诗人 pfeijffer“令人费解的诗总比易读的诗强”》）这些观点和臧棣所说所差无几。

仔细考察一下，他们的所有“理论”全都来自艾略特的一段话：“诗人并不是永远都要对哲学或其它学科感兴趣。他们只能说，就我们文明目前的状况而言，诗人很可能不得不变得艰涩。我们的文明涵容着如此巨大的多样性与复杂性，而这种多样性和复杂性，作用于精细的感受力，必然会产生多样而复杂的结果。诗人必然会变得越来越具涵容性、暗示性和间接性，以便强使——如果需要可以打乱——语言以适合自己的意思。”① 虽然是“现代派”，其实思路很“传统”，还是内容决定形式那一套。其实他们本应该知道，这种思路已经在西方过时了，西方文艺理论早不这么想问题了。

那么当今西方理论又是怎么想问题的，西方理论提供了哪些可为象征主义辩护的材料呢？20 世纪以来，西方文艺理论已经完全形式化，结构主义化，早已把内容抛到一边，从而内容不再是他们关注的对象。这一点其实是和西方 20 世纪的文学实际相符合的。其中相关的最有名的有新批评等阐释学、接受理论，而最直接最有迷惑性的是俄国形式主义文论中的陌生化理论。

可能是为了反击这些年对现代主义的晦涩的攻击（对现代主义的攻击一直存在，笔者前几年也写过一系列的攻击文章），最近两年陈仲义做了一个课题，写了一批论文，总结现代主义的修辞方式，为晦涩辩护。应该说，陈仲义综合西方理论，第一个在中国真正从现代意义上为晦涩建立了理论，因此下面着重介绍陈仲义的观点。

陈仲义有一篇文章开宗明义，他借用艾略特的话来命名文章的

---

① 王恩衷编译：《艾略特诗学文集·玄学派诗人》，国际文化出版公司 1989 年版。

题目——《何以扭断语法的脖子》①。文章中说："诚然，语法是语言的组织规则，句法是用词造句的规矩，但出于对现代陌生化的永恒追求，诗人在建构诗语时，需要更大范围冒犯语法规则，唤醒被日常语言惯坏了的审美厌倦。"这就直接以形式主义理论为依据，要求诗歌全面破坏语法。这是一种十分狂妄的态度。具体而言，现代诗语言是"按照主体的情思流向和想象的逻辑来组织。"这样就可以打破语法的规则，进行语法变异。"语法变异主要表现为语法结构的错动和语序变更。"在错动里，文章举了九种情况，有粘连法、顾名法、插入法、拆解法、省缩法等。在语序变更里，列举了主谓易位、主宾易位、定语易位、状语易位等。不过分析一下陈文中语法破坏的情况，语序变更实际上就是传统的修辞格倒装，和"扭断语法的脖子"并不相干，所举的例子也没有什么阅读障碍。而形成阅读障碍的则是所谓的语法结构的错动。而陈文所举的几种情况，实际上又可以归结为一种修辞：隐喻。既没有主体和喻词，只有喻体。可以说，现代诗的晦涩和对语法的破坏主要就是由于隐喻（象征）的大面积使用造成的。比如，陈文"粘连法"中"二胡把巷子拉成湿发"，就是一个十分明显的比喻。"顾名法"中"他的长臂比长城还长"也是比喻，无非是说他的长臂是一个超级长城（塞上长城）而已。"拆解法"里"当破争着眼，看风瞎冲进来拆"正是典型的病句诗。这里核心的修辞还是隐喻。"联结法"

---

① 陈仲义的这一批文章主要有：《何以扭断语法的脖子》，《华中师范大学学报》2012 年第 1 期；《转动"魔方"：语词的超常搭配》，《楚雄师范学院学报》2011 年第 10 期；《现代诗类的另类"放逸"》，《南方文坛》2012 年第 4 期；《"去魅"与"返魅"：现代诗语的两极分化》，《当代文坛》2012 年第 6 期；《"凿壁偷光"：现代诗语生成之探幽》，《徐州师范大学学报》2012 年第 5 期；《"活用"词性转品——现代诗语修辞研究之三》，《长沙理工大学学报》2011 年第6 期；《张力：现代汉语诗学的轴心》，《文学评论》2012 年第 5 期；《变形："远取譬"畸联——探究一种张力诗语》，《福建师范大学学报》2012 年第 4 期；《现代诗语的重要"纽带"：隐喻与转喻》，《江汉大学学报》2012 年第 1 期；《反讽：基于表里内外语境的"佯装"、"歪曲"——张力诗语探究之四》，《中国文学研究》2012 年第 2 期；《现代诗语：陌生化张力的新思考》，《东吴学术》2012 年第 6 期。

中“我和雨伞和心脏病和秋天和没有什么歌子可唱”，把无关的东西连起来，正是隐喻（象征）的拿手好戏。其他有些和隐喻没有关系，比如省略法、插入法等。我们发现，凡是不涉及隐喻，晦涩的程度便骤然下降。所谓扭断语法的脖子，归根到底还是隐喻造成的。何以故？各种修辞均对语法有一定程度的偏离，但这种偏离还是有限度的，读者可以自动修复，所以还在可以理解的范围之内。这同时也说明，修辞有偏离，但我们阅读时，恰恰要把它修复到正常的语法之中，否则理解就不可能。我们读古诗的修辞也应该这样去理解。唯有隐喻，是一个没有谜底的谜，它是无解的。

在《转动“魔方”：语词的超常搭配》一文中，陈仲义提到通感。其实通感也是以隐喻为核心的。通感无非就是不同感官感觉的转换，原则上就是比喻的。其他就不多说了。值得注意的是，陈仲义在若干文章中频繁使用了张力一词。陈文从变形、远取譬、反讽、戏剧性等角度细致地探讨诗歌的张力，这样，陈仲义就以形式主义理论为基础，以新批评的概念为具体方法建立起完整的现代主义诗歌的晦涩理论。陈仲义《张力：现代汉语诗学的轴心》一文对张力概念的起源发展有详尽准确的描述。正如陈文所说，张力一词现在已经超出了现代诗范围，进入整个文学乃至艺术领域，被定义为一切矛盾因素的对立统一。笔者这里想说的是，张力作为一个新批评的重要术语，自然带上新批评的印记。而新批评是一个典型的现代主义批评流派，它的许多术语都来自现代主义。张力一词，实际上就来自隐喻（象征）这一写作手法。正是隐喻的存在，使得词语的内涵与外延发生移位，这才形成最原始的张力结构。陈仲义在《现代诗语：陌生化张力的新思考》一文中说：“要从陌生化抵达惊奇感进而收获诗意，最简捷的管道非张力莫属”，“陌生化与惊奇感的联盟是对自动化的最大威胁。自动化是日常惯性的留守，与事物保持常态的固有关系，按部就班，和平共处。陌生化企图对时间做出超越，在有限中扩张无限，必然对老掉牙的关系实施异质化处理，冲击那些退化的、僵死的因子，以提升新鲜感……伴随双方紧张冲突的较量，诗意的审美张力就油然而生了。”这就形成了一个循环：陌生化要求张力，张力促进陌生化。这样，陈仲义从形式化的角度完成了晦涩理论的论证。

下面去西方看看，集中剖析西方文学及理论中的晦涩问题。

第二节　现代主义文学的写作方式

在世界范围来看，现代主义要从波德莱尔的象征主义说起。象征主义后来发展成一个流派，象征主义流派后来又发展成一个流派群，这就是现代主义文学。中国新诗对西方一直亦步亦趋，中国新诗的任何一步、任何一种现象都应当而且只有溯源到西方才能找到发生、存在的原因，笔者把这个规律称之为“新诗来源定理”。下面我们开始这个工作。

（一）现代主义文学概说

现代主义文学的先驱，一般认为是爱伦坡，波德莱尔和陀思妥耶夫斯基。爱伦坡的作品以悲观绝望为基调，以犯罪死亡为主题，理论上强调纯艺术，认为文艺不是客观现实的反应，而是主观思维的过程。波德莱尔更被认为是现代主义的鼻祖。他的诗集《恶之花》，被认为是现代主义文学产生的标志。“恶之花”即“病态之花”，也是“恶中之美”，开创了现代主义表现扭曲和变态事物的风气。而其中最重要的是，《恶之花》实践了波德莱尔的创作观念，他认为宇宙是一座“象征的森林”，它同个人的内心世界之间存在隐秘的对应关系。因此，诗人的任务就是要读懂这个象征的世界，把这种关系揭示给世人。为此，诗歌不应当满足于摹仿自然，而应深入内心世界，借助于暗示，把个人幻觉翻译出来。这些，都是文学史的常识了。波德莱尔说：

> 整个可看得见的宇宙不过是个形象和符号的仓库而已，而

这些形象和符号应由（诗人的）幻想力来给予相应的位置和价值，它们是幻想力应该消化和加以改造的。①

这就是说外界并非客观的世界，而只是主观所感受到的“形象与符号”。这样诗人的任务不是描摹现实，深入生活，关注外部世界，而是深入个人主观世界，着力表现神秘的内心体验甚至幻觉。而这种幻觉又其实另有所指。在表现手法上，则以“象征”为主，外部世界只是象征的一极，是象征的材料而已，象征联系外部世界与内心世界，最终目标则是内心世界。②当然，内心世界后面有一个更神秘的世界。这是整个现代派文学的基本特征。这个基本特征近二百年来，在不同的分支流派和个人的千奇百怪的风格中，都保持不变。当现代主义传到中国以后，它的基本特征也从来没有变过。当然，很多人并不知道，在中国现代主义里，内心世界后面神秘的世界是没有的。但笔者一直认为，这并不妨碍中国现代主义成为现代主义世界大家庭的一员。

总结起来说，漠视现实，退入主观内心，运用象征手法是现代主义文学的基本特征。这几个条件缺一不可，舍此便不足以称之为现代主义。当然现代主义的象征意象由公共意象固定象征向私人意象随意象征发展。这也是现代主义核心写作手法“象征”的独有的特征。由于现代主义的哲学主观性，手法的象征化，从而形成了现代主义的鲜明风格，即晦涩。晦涩是现代主义区别于所有文学流派的首要的突出的文学风格，是现代主义区别于其他所有流派的重要标志。

现代主义的核心表现手法是象征。这一点，贯穿在各个现代主义的流派当中。学者对现代主义的分类略有差异，综合起来，大概可以对现代主义分为这么几类：象征主义、表现主义、未来主义、

---

① 波德莱尔：《德拉克罗瓦的作品与生活》，见《外国文学研究》1979年第4期。

② 参考陈慧《西方现代派文学简论》，花山文艺出版社1985年版，第2—3页，略有改动。另见袁可嘉《现代派论·英美诗论》，中国社会科学出版社1985年版。

意识流、超现实主义、存在主义、荒诞派喜剧、新小说、魔幻现实主义、黑色幽默等。这些流派的核心表现手法无不是象征。说西方文学的20世纪是象征的世纪也不为过。象征主义就不用说了，从波德莱尔到艾略特，都是象征的发明者或改进者。表现主义的代表作家卡夫卡和奥尼尔也一样。卡夫卡的小说《城堡》，其中城堡这一意象就是一个象征，其他像《审判》、《乡村医生》、《变形记》，无不娴熟地运用象征手法。而未来主义文学的代表作家阿波利奈尔、马雅可夫斯基也一样。马雅可夫斯基的代表作《穿裤子的云》就大量运用比喻和象征。未来主义毁灭文化，却在创造新的象征体系。意识流作家普鲁斯特、乔伊斯、福克纳等人，也是运用象征的高手。以普鲁斯特而言，他的《追忆似水年华》在内心独白中，也重视意象和隐喻的作用。荒诞派的斯特林堡、奥尼尔、布莱希特就更加不用说了，他们的戏剧作品本身就是象征的森林。比方斯特林堡的《鬼魂奏鸣曲》、《青鸟》等剧无不是象征手法运用的典范。存在主义也是一样，萨特的《恶心》等，都有核心的象征意象。加缪的《鼠疫》也同样。其他，超现实主义、新小说、魔幻现实主义，也是象征手法的运用者。布勒东的《娜嘉》等，"借助奇异怪诞、不可思议的词语和意象，探索心灵的奥秘，既具有独特的魅力，又流于晦涩难解"①。福克纳的《喧哗与骚动》，"成功地运用了多重人物视角的意识流叙事，又将之与象征隐喻、对位式结构有机地结合在一起"②。

其实，在以上现代主义流派中，也有部分开后现代先河。比方未来主义有很多后现代因素，新小说流派也被划入后现代主义。后现代我们还要在后面详细论述。总之，现代主义的两个特征：一是面向内心、漠视现实、趋向神秘，二是象征作为核心的创作手法，在各个现代主义的流派中都体现得非常清楚。

---

① 李明滨：《世界文学简史》，北京大学出版社2002年版，第303页。

② 同上书，第336页。

（二）从象征到隐喻：作为一个时代的写作方式

隐喻（metaphor），或称象征（symbol）的写作方式，是现代主义文学的核心写作方法。没有隐喻或象征，就不成其为现代主义。象征和隐喻的区别，对中国人而言意义不大，不过在西方20世纪，出现了一个以隐喻取代象征的过程，这又是为什么？为什么放弃象征不用，代之以隐喻？对新诗理论的研究而言，这两个概念极其重要，辨析一下还是很有必要的。

查得威克认为，象征主义指的是1850—1920年一小部分法国诗人形成的流派。[①]话虽如此，象征主义的蔓延，却使象征主义发展成一个覆盖全世界现代主义的文学流派。象征主义对意识流作家普鲁斯特的影响是显然的。[②]叶芝被象征主义强烈吸引。艾略特的作品可归之于典型的象征主义。尽管意象派宣称反象征，波德莱尔对以休姆和庞德为首的英美意象派有无可置疑的吸引。查得威克正确地指出：“今后可以看出，现在作家们在许多文学作品所写的似真非真的奇妙世界，和试图用以创造一个感情的世界而非表达理性信息的方式，很大程度上受惠于十九世纪末叶的法国诗歌。”[③]

西蒙斯在《象征主义文学运动》中指出：“所有此类的象征性文学都密切联系着神秘主义，而且在很大程度上表达了神秘主义。”[④]

在象征主义诗论中，艾略特可谓集大成者。艾略特这样解释象征：“用强烈的个人经验，表达一种普遍真理；并保持其经验的独特性，目的是使之成为一个象征。”同时，他又说，“用艺术形式表现情感的唯一方法是寻找一个‘客观对应物’，换一句话说，是

---

① 查得威克：《象征主义》，见柳杨编译《花非花——象征主义诗学》，旅游教育出版社1991年版，第35页。

② 同上书，第57页。

③ 同上书，第62页。

④ 西蒙斯：《象征主义文学运动》，见柳杨编译《花非花——象征主义诗学》，旅游教育出版社1991年版，第110页。

用一系列实物、场景，一连串事件来表现某种特定的情感，要做到最终形式必然是感觉经验的外部事实一旦出现，便能立刻唤起那种情感。”① 这就是象征，从修辞上说，它和隐喻当然没有什么区别。

威尔逊出版于1931年的《阿克瑟尔的城堡》，为1870—1930年的象征主义作总结。威尔逊说：“（叶芝、乔伊斯、艾略特、斯泰因）这些作家的作品大致都是象征主义的延续或引申。”“这个令马拉美沉醉其中，并使其他作家前仆后继、争相仿效的诗学革命的性质到底是怎样的？象征主义者的主张到底是什么？谈到爱伦·坡，我留意到各种不同的混淆，包括不同感官的认知的混淆，以及令诗歌趋近音乐的企图。关于后者，瓦格纳（wagner）对象征主义的影响绝不下于任何一位诗人：当时浪漫主义音乐与文学密切相关，文学为音乐所吸引。另一方面，我也留意到，在奈瓦尔的作品中，想象与真实，感官与幻想，在与我们日常所见所行混淆不清。这正是象征主义的倾向，是对机械自然观与社会人类观的反悖，令诗歌比浪漫主义的作品更为个人化与情感化：事实上，象征主义有时的确比浪漫主义更为个人化，所关心的个人情感甚至演变成一种不能与读者沟通的文本。那罕见的含蓄与晦涩，由‘象征主义’本身的名词即可想见。”② 不能与读者沟通，多么可怕的事情，那为什么西方人还要如此推崇象征主义呢？这确实是一个大问题。

威尔逊对象征主义的理解很有典型性，非常准确地指出了象征主义的象征的私人性。“象征主义的‘象征’与一般所言的象征稍有不同，不是那种以十字架代表基督，以星和条纹代表美国之类的象征，甚至与但丁笔下的象征也不同。我们日常熟悉的象征是约定俗成的、稳定的，神曲里的象征就是这一类，合乎逻辑而又确切可知。但象征主义的象征则通常是随意选取的，由诗人决定象征物要

① 艾略特、王恩衷编译：《艾略特诗学文集》，国际文化出版公司1989年版，第7—8页。

② 威尔逊：《阿克瑟尔的城堡》，江苏教育出版社2006年版，第14—15页。

象征什么概念——也可以说是这些概念的一种掩饰。”[①]

他这样说：“每一位诗人都有自己的个性，每一个时刻都有自己的语调和元素的组合。诗人的任务是去找寻和发明一种特别的语言，以表现其个性与感受。这种语言必须用象征符号来完成，因为这种独特、一瞬即逝而又朦胧的感受，是不能直接用语言来陈述或描写的，只能用一连串的字句和意象，才能对读者作出适当的提示。象征主义者本身充满把诗歌变成音乐的想法，希望这些意象能像音乐中抽象的音符与和弦。然而我们的语言始终不是乐谱里的符号，真正的象征主义所用的符号，就是与本体剥离的喻体——因为一个人毕竟不会单纯地欣赏诗歌中的颜色与声音等抽象事物，他一定会猜想这些东西有何寄托。象征主义可以被定义为利用可刻意钻研的手段传递个人独特感受的尝试，而这些手段就是由多种混杂的隐喻所表达的概念的复杂联想。”[②] 一种特别的语言，是什么语言呢？后面我们知道，他说的这种语言实际上就是维特根斯坦所说的私人语言。象征主义，用的又是隐喻，看来在威尔逊心中，象征与比喻有很大差异。

其他，马拉美也同样强调诗人与自然神秘的对立关系。马拉美强调暗示，反对在诗中直陈其事，其实就是要强调隐喻（象征）的运用。瓦雷里追求“纯诗”等，都说明了象征主义的这一特征。

韦勒克、沃伦《文学理论》把“象征”与“意象”和“隐喻”当作文体的最核心的部分。韦勒克、沃伦的《文学理论》这样说：“常常是一个隐喻或象征”,[③]“所有这一切都变成隐喻性的或象征性的了”,[④] 这说明韦勒克、沃伦不把象征和隐喻的区别当一回事，象征和隐喻似乎是一回事。他又说：“有人提到‘纯象征主义’的观点”，然后说：“‘象征’与‘意象’和‘隐喻’之间有无重大

---

① 威尔逊：《阿克瑟尔的城堡》，江苏教育出版社 2006 年版，第 15 页。

② 同上书，第 15—16 页。

③ 韦勒克、沃伦：《文学理论》，江苏教育出版社 2005 年版，第 213 页。

④ 同上书，第 215 页。

意义上的区别呢？首先，我们认为‘象征’具有重复与持续的意义。一个‘意象’可以被一次转换成一个隐喻，但如果它作为呈现和再现不断重复，那就完成了一个象征，甚至是一个象征（或者神话）系统的一部分。”①尽管如此，我们可以看出，韦勒克、沃伦对隐喻与象征的区别并不看得很严重。

韦勒克、沃伦是新批评大家，他们这样看象征的私人性：“只要讨论到诗歌的象征问题，就很可能出现把象征分成现代诗人的‘私用象征’与前代诗人广泛采用并容易理解的象征的情况。‘私用象征’一词首先至少是一种指责，但我们对诗歌象征的感情与态度仍是十分矛盾的。要用一个别的词来取代‘私用’一词是困难的；如果我们用‘约定俗成’或‘传统的’取代，就与我们期望诗歌是新奇惊人的看法相抵触。‘私用象征’暗示一个系统，而细心的研究者能够像密码员破译一种陌生的密码一样解开它。许多私用象征系统（如布莱克和叶芝的系统）中，有大部分与象征的传统相合，即使重合的部分并不是被普遍接受的象征。”② 这显然是用形式主义的思路来分析象征主义的象征（隐喻）的私人性。

就像整个20世纪的西方文艺理论，韦勒克、沃伦的《文学理论》也一样突然就抛开象征，直接转到了隐喻。大谈换喻（转喻）与隐喻。这意味着什么？

从象征到隐喻，笔者以为这是西方文论的一个转变。这个转变的过程要溯源于海德格尔。“从海德格尔以后，实际上西方大陆哲学有一种‘语言学的转向’，语言学的转向就是因为海德格尔对语言的扩展，对语言的暗示性、隐喻性的模拟的研究。就是语言不仅仅是逻辑的语言，语言还有诗性的语言、诗意的语言，海德格尔研究了大量的诗，不仅仅是诗，而且还有建筑，还有绘画，像梵·高的美术。”③ 海德格尔对语言的隐喻性的重视，启发了他的后来者。

① 韦勒克、沃伦：《文学理论》，江苏教育出版社2005年版，第214—215页。
② 同上书，第215—216页。
③ 邓晓芒：《中西文化比较十一讲》，湖南教育出版社2007年版，第236页。

伽达默尔敏锐地抓住了问题的关键，他曾认真辨析过象征与譬喻（隐喻）：“这两个词最初是彼此根本不相关的。譬喻本来属于述说，即 logos（讲话）领域，因此譬喻起一种修饰性的或诠释性的作用。它以某个其它的东西替代原来所意味的东西，或更确切地说，这个其它的东西使原来那个所意味的东西得到理解。象征则与此相反，它并不被限制于 logos（讲话）领域，因为象征并不是通过与某一个其它意义的关联而有意义，而是它自身的显而易见存在具有‘意义’。象征作为展示的东西，就是人们于其中认识了某个他物的东西。”① 但，“象征与譬喻的内在关系在近代已发生了变化。”②

“当然，譬喻和象征彼此还是很相近的。因为它们都具有通过彼一物再现此一物的共同结构，而且象征在中世纪获得了一个比类性功能。譬喻是解释活动的，象征是认识活动的。”象征在中世纪的变化就是承担了神人沟通的功能，所以是认识活动。“在象征概念里显现了一种譬喻的修辞学运用完全不具有的形而上学背景。从感性事物出发导向神性的东西，这是可能的，因为感性事物并不是单纯的虚无和幽暗之物，而是真实事物的流溢和反映。现代的象征概念如果没有这种灵知性的功能和形而上学背景，就根本不可能理解。”“象征绝不是一种任意地选取或构造的符号，而是以可见事物和不可见事物之间某种形而上学关系为前提。宗教膜拜的一切形式都是以可见的外观和不可见的意义之间的不可分离性，即这两个领域的‘吻合’为基础的。”这样，“象征性的东西是艺术作品所特有的理想和外在显现的内在统一。反之，譬喻性的东西则只是通过指出某个他物而使这种富有意义的统一得以实现。”③伽达默尔概括

① 伽达默尔：《真理与方法》（上），洪汉鼎译，上海译文出版社 1999 年版，第 104—105 页。

② 同上书，第 104 页。

③ 以上均见伽达默尔《真理与方法》（上），洪汉鼎译，上海译文出版社 1999 年版，第 106—107 页。

说，18世纪末，作为内在的本质的意味的象征和象征性与譬喻的外在的人为意味相对立。象征是感性的事物和非感性的事物的重合，而譬喻则是感性事物对非感性事物的富有意味的关联。①

换一种说法会对伽达默尔的说法更容易理解。张首映说："20世纪象征主义理论家在对象征的认识上，主要观点都比较一致或接近。他们认为，现实世界是不可信的，诗人的追求点不在现实世界，而应该在远离现实的另外一种更真实的世界。这种观点，类似柏拉图的意见，柏拉图把世界分为三层：理式的世界、现实的世界、诗画中的世界。象征派诗人们所追求的是高于现实的世界，认为诗并非远离真理，只有诗才能认识和把握最高层的真实。"② 这另一个世界，就是形而上学的世界，对于中国人来说，这完全不可思议，由此可知，我们以前对象征有多大的误解。可以这么说，百年来的中国现代主义和西方现代主义在最根本的基础方面是完全不搭界的。虽然前面说过，穆木天在20世纪30年代提到"另一个永远的世界"，但中国人根本不会把这个世界当真。这是中国的文化和历史所决定的。当然，这并不是说，中国的现代主义就不是现代主义。笔者多次说过，从修辞的角度，象征和隐喻没有任何区别。如果从新批评的角度来看，修辞不就是一切吗？

现在我们知道，形而上学本体论和先验唯心主义就是象征的哲学基础。西方哲学是世界上唯一有本体论的哲学体系。按中国学术界最新认识，本体论就是"是"论，即研究"是"的学问。按理说，"是"是一个最抽象的概念，那么说本体论是研究世界根本的学问也能说得通。不过，由于"是（being）"在西方语言中的特殊性质，以及柏拉图建立的理念论改变了本体论的方向，因此，西方本体论便不能说对这个世界的研究了，因为理念，按柏拉图的设定，它属于另外一个世界，我们现实世界则是理念世界的模仿。当

---

① 伽达默尔：《真理与方法》（上），洪汉鼎译，上海译文出版社1999年版，第107页。

② 张首映：《西方二十世纪文论史》，北京大学出版社1999年版，第55页。

然，文学世界又是现实世界的模仿。

“理念”，《希腊哲学史》翻译成“相”[①]，但邓晓芒认为译成理念也未为不可[②]。他认为理念是理性所认识到的，具有“一”的统一性的观念，[③] 并认为柏拉图的贡献即对“逻各斯进行了一种本体论上的颠倒”，“本体论上的颠倒就是我说的‘倒名为实’，即把一种概念、名相的颠倒为本质性、实体性的东西，而把那种看得见、摸得着、可以吃到肚子里去的感性实在的东西当做只不过是现象，是过眼烟云、飘乎不定的东西，它们只是理念的‘摹本’，理念则是他们永恒的‘蓝本’。这种看法对中国人来说是闻所未闻的，我们会觉得他要么是个骗子，要么是个狂人。”[④]此论十分精辟，对中国人心里把握尤其深刻。不过柏拉图的“名实颠倒”也没有我们想象的那么玄妙精美，对中国人而言，只要了解柏拉图的“名实颠倒”的背景和来源，也不会觉得完全不可理解。

自柏拉图建立理念论，理念和现实的沟通就是一个大问题。柏拉图说，诗人写作是神灵附体，同时又说，人类的认识其实是回忆。这已经是先验唯心主义的雏形。但柏拉图的理念和现实的沟通依然是个大问题。从笛卡尔到胡塞尔，为了解决柏拉图理念和现实的隔绝，笛卡尔和胡塞尔都是采取怀疑一切的方法，把外在世界完全悬置起来，向内追溯，一直追溯到不能追溯的起点，这个起点就是先验自我。再从先验自我出发，重建整个世界。所以笛卡尔、胡塞尔和柏拉图一样，先验自我是联系理念世界和现实世界的桥梁。神学建立以后，人神的沟通当然就方便多了。本体论到中世纪变成神学。在《圣经》里，充斥着大量的象征，或者说，后人认为《圣经》里有大量的象征。这也是但丁《神曲》的意义：象征的森

---

① 汪子嵩、范明生、陈村富、姚介厚：《希腊哲学史》（2），人民出版社 1993 年版，第 660 页。

② 邓晓芒：《古希腊罗马哲学讲演录》，世界图书出版公司 2007 年版，第 93 页。

③ 同上。

④ 邓晓芒：《黑格尔哲学讲演录》，北京大学出版社 2005 年版，第 21—22 页。

林无处不在。人神沟通的方法就是象征。随着神学与形而上学的崩溃，隐喻取代了象征。形而上学虽然崩溃，但主客对立的矛盾依然没有消除。主客对立的矛盾，当然好办得多，理性主义（广义的理性主义，包括经验主义）沟通主体和客体就是现成的榜样。应该说，继承海德格尔传统的伽达默尔的解释学开辟了与理性主义相对立的人文主义的方式，这就是隐喻的方式，以隐喻的方式沟通主体和客体。

伽达默尔认为，由于天才概念和"表现"的主体性的影响，当理性主义屈服于浪漫主义，象征这一概念便压倒譬喻。[①] 从康德开始，象征性表现被康德视为图式性表现的对立面。席勒又继承康德，指出，美的对象应充当某个理念的象征。伽达默尔认为，在席勒和歌德的书信交往中出现对象征概念最初的重新创立。而在谢林那里，象征就和譬喻明确完全对立了。谢林用 sinnbild（意义形象）这个德文词来解释象征："它是如此具体的，仅其本身就完全与形象一样，并且它还是如此普遍的和富有意义的，就如同概念一样。""在歌德那里，象征意味着感性形象与超感性意义的合一。"[②]

伽达默尔到这里对象征做了一个绝妙的评价："象征概念向审美的普遍原则的扩展不是没有障碍的，因为构成象征的形象和意义的内在统一并不是绝对无条件的统一。象征不是简单地摈弃理念世界和感性世界的对峙关系，这就是说，象征恰恰也使人想起形式和本质、表现和内容之间的不协调。""就象征是通过其意义而超越其可感性而言，形式和本质的不相称性对于象征来说就是本质性的。象征所特有的那种形式和本质之间的摇摆、不可决定性的特征正是来自于这种不相称性。显然，这种不相称性愈是强烈，象征就愈难以捉摸而充满意义。"[③] 象征要联系理念世界和

---

① 邓晓芒：《黑格尔哲学讲演录》，北京大学出版社2005年版，第108页。

② 同上书，第111页。

③ 伽达默尔：《真理与方法》（上），洪汉鼎译，上海译文出版社1999年版，第112页。

感性世界，当然就会不协调。伽达默尔就这样贬低象征，为比喻开道。

施莱格尔说，一切美都是譬喻。① 这说明浪漫主义对比喻的看重。我们知道，这里的比喻其实就是明喻。“譬喻确实不单纯是天才的事情，它依据于固定的传统，并时常具有一种特定的可说明的意义。而这种意义甚至并不与概念而来的合乎知性的理解相矛盾。”②伽达默尔因此质疑这个过程：“我们称之为‘审美意识’的东西是否是一种抽象呢?”他认为，“在审美意识中，某种独断论的要素其实也是有其效用的。”在他看来，仅仅审美地享受艺术形象也是可取的。③ “一切自然的概念构成都是以语言的比喻为基础的。”④

伽达默尔就这样完成了从象征到比喻（隐喻）的转变。这对西方人而言，是一个重大的文化转变的标志。象征，属于形而上学，与神学相关，联系超验世界。在海德格尔以后，形而上学崩溃，再加上一直与形而上学作对的经验主义的影响，象征从天上回到人间，成为了隐喻。隐喻取代象征，意味着形而上学的终结。当然对中国人而言，象征、隐喻还是一回事。

伽达默尔继承了海德格尔的思想，以上均说明了西方学术在此方面的转向。西方学术有了从象征到隐喻的转型。其实，在我们看来，浪漫主义的譬喻其实就是明喻。而象征，改头换面，变成了隐喻。但其实，骨子里是一样的。从修辞的角度看，比喻、象征、明喻、隐喻，其实都没有什么大的差别。

与伽达默尔相对照，请看保罗·利科的议论。保罗·利科非常精当地谈到象征以及隐喻及其关系。“宽泛地说，由响亮的声音的

---

① 伽达默尔：《真理与方法》（上），洪汉鼎译，上海译文出版社1999年版，第113页。

② 同上书，第114页。

③ 同上书，第116页。

④ 伽达默尔：《真理与方法》（下），洪汉鼎译，上海译文出版社1999年版，第584页。

相同形式的周期重现引起的这种含义的交感，可以称为‘隐喻’。”[①]“意义已经被‘置换’，被‘转移’，词语在诗歌中所意指的与它们在散文中所意指的完全不同。”[②]由于有了隐喻，“因而诗是这样一种策略，其目的在于保护我们的语词的一词多义。而不在于筛去或消除它，在于保留歧义，而不在于排斥或禁止它。”[③]“人们曾经说，每个隐喻是一首小型的诗，而一首诗则是一个巨大的、连续的、持久的隐喻。”[④]

保罗·利科说：“隐喻只是在出现语义冲突时才存在，通过以一种使诗歌语词系列富有含义的方式来释读，就可以使隐喻消除。但诗歌还有更多的功能。它不只是创造隐喻，而且通过把它们联结在一个隐喻的网络中保持它们。这种隐喻的网络不是飞逝的，而是经久的，它使诗歌成为一个连续的，持久的隐喻。我把这种隐喻网络的一致原则叫诗的象征。”[⑤] 这就是隐喻取代象征后的情形。

这样，“从纯语义学的观点来看，象征的定义和隐喻的定义没有什么不同。”[⑥]“象征也像隐喻一样，是不可替代的。它不是修辞，不是可以用详尽的释义来替代的一种说话方式，但是，如果从语义学的观点来看，象征与隐喻有着相同的定义，它就引进了一个我们必须到别的地方而不是言论的结构中去寻找的永久原则，与罕见的、不寻常的奇异的隐喻不同，构成稳定的、持久的象征之力量的，是这些象征将其双重意义的共同结构再次与一种文化，一个共同体，有时是人类整体相结合，在这种情况下，象

---

① 胡经之、张首映主编：《西方二十世纪文论选》第3卷，中国社会科学出版社1989年版，第299页。

② 同上。

③ 同上书，第301页。

④ 同上书，第299页。

⑤ 同上书，第301页。

⑥ 保罗·利科：《言语的力量：科学与诗歌》，见胡经之、张首映主编《西方二十世纪文论选》第3卷，中国社会科学出版社1989年版，第301页。

征可以被称为（不是没有某些危险的）原型——用这词来指称那些名符其实的象征，它们似乎对于广阔的文化整体来说都是共同的。”“在隐喻和象征之间总是需要某种文化中介、神话中介。通过作为言论能力的象征、隐喻，开始在语言中构造人类深刻而广阔的存在。但反过来说，也总是要借助于以隐喻为显著过程的语言策略，人类的神话——诗歌的深涵才能被唤起。”[①] 虽然保罗·利科和伽达默尔对象征隐喻的理解可能略有差异，总之一句话，象征和隐喻在修辞上是一回事。

阐释学以后的最近几十年来，隐喻成了西方学术研究的热点。[②] 不光修辞学、语言学、语言哲学，文艺学、文学也热衷于研究隐喻。隐喻一词也终于完全取代了以前流行的象征一词。

孔多塞认为，“在语言的起源时，几乎每一个字都是一个比喻，每个短语都是一个隐喻。”[③] 莱科夫/约翰逊这样界定隐喻的本质：通过一件事来理解、经验某事。这样隐喻不仅属于语言，而且属于思想、活动、行为。[④] 莱科夫/约翰逊认为，除了某些原始的像上下、物体这样直接从经验萌生的概念，其他像辩论、理论、时间这些概念则是包含隐喻的概念。这样大多数概念都是包含隐喻的概念。很显然，我们的整个概念体系本身在很大程度上都是隐喻式的。[⑤] 这些议论，使我们想起西方学术的一贯特点，即本质化的倾向和努力。

从象征到隐喻，20 世纪西方现代主义文学走过了百年历程。而语言的隐喻论的确立，也说明理性主义的独断论的语言观转向经

---

① 胡经之、张首映主编：《西方二十世纪文论选》第 3 卷，中国社会科学出版社 1989 年版，第 301—302 页。

② 伽达默尔的《真理与方法》出版于 1960 年。不过 1936 年理查兹便突破传统的隐喻修辞化的观点，而 20 世纪 70 年代以后隐喻成为西方学术热点。见胡圣高、谭文芬《西方隐喻研究理论概述》，《重庆三峡学院学报》2010 年第 6 期。

③ 孔多塞：《人类精神进步史纲要》，何兆武译，三联书店 1998 年版，第 35 页。

④ 陈嘉映：《语言哲学》，北京大学出版社 2003 年版，第 368 页。

⑤ 同上。

验主义的语言观，从明确透明的语言工具论转向相对主义的不确定的语言论，同时也是认识论的转向，从数学式明确的对世界的认识转向模糊的隐喻式的认识。

与卡西尔认为隐喻是原始人思维特征不一样，[①] 理查兹认为隐喻无所不在。掌握隐喻就是对我们所创造的世界的把握，其把握方式，就是心理学上讲的移情。既然隐喻是将一种事情说成另一种事情，那么我的感知、思想以及意识本质上也是隐喻的。这样，隐喻就不仅是修辞方法，而且是人类思维的工具，尤其是抽象思维的工具。隐喻不再是特例，而是语言发挥作用的必由之路。[②]

据胡壮麟概括，对隐喻实质的理解有四种理论：替代论、比较论、互动论、创新论。最早的解释便是亚里斯多德的替代论。由于替代论不够周全，又有所谓比较论。比较论是替代论的补充。因为隐喻的两个成分很多时候不能随意替代，也不能逆向替代。这种理论其实也由亚里斯多德提出。在这两种经典理论之外，理查兹提出互动论。亚里斯多德说："至今最伟大的事是对隐喻的掌握。隐喻是不能向他人传递的；它是天才的标志，因为要创造好的隐喻意味着对相似点具有敏锐的眼力。"[③] 理查兹的观点就突破了亚里斯多德的范围，从而为隐喻研究开启了新的道路。

理查兹认为，语言本质是隐喻的，隐喻在语言中无所不在。所有语言在深层包含隐喻结构，这种结构影响了不显露的意义。隐喻的意义是喻体和本体互动作用的结果。即两个词义互相影响，互相启示，才能把握其意义。这种互动理论还导致了张力理论的出现。由于把相距甚远的两件东西放在一起，必然产生巨大的张力。理查兹认为隐喻的作用不是认同或融合，而是互动，这就为张力提供了

① 卡西尔：《符号·神话·文化》，李小兵译，东方出版社1988年版。

② 理查兹、奥登格合著：《意义的意义》（the Meaning of Meaning），1928年版。见谢之君编著《隐喻认知功能探索》，复旦大学出版社2007年版，第19页。

③ 转引自胡壮麟《认知隐喻学》，北京大学出版社2004年版，第35页。

解释。同时，大脑是一个连接器官，它的功能就是把事物连接在一起，它可以以各种方式将两件事情连接在一起，这就实际执行了隐喻的功能。从而为传统理论做出了突破。①

自20世纪60年代以来，隐喻理论又获得了新的发展，出现了创新论。

布莱克在互动论的基础上，提出隐喻中两个词项或概念的相似点不一定都是预先存在的，而是通过互动创建的。也就是，相似点也是创造出来的。这种创造性首先体现在隐喻的“过滤作用”，因为隐喻的两个词都具有多方面、多层次的意义，这两个词的相似点便需要过滤掉一些无关的义项和侧面。其次，这种创造性来自词义的变异。比方 Men verbs，not nouns。这里 Men 和 verb 都不是原来的意思，而发生了变化。②

保罗·利科（Paul Ricoeur）认为，隐喻通过句子范畴之间的张力，创造出真正有价值的东西。真正的隐喻是创新的，创新的隐喻经过重复会变成死喻。③ 利科使隐喻的功能从词语级过渡到句子级和话语级，虽然隐喻的意义效果反映在孤立的字词，但隐喻产生于作为整体的句子中。④ 强调整个句子和话语的语境对隐喻意义的创造性。不过总的说来，没有什么太多的不同。

从象征到隐喻，表面上象征消失了，实际上象征扩大成了隐喻。在逻辑的语言观念之下，象征的含义是狭窄的，它局限于现代主义。隐喻不仅把象征扩展到整个文学，更扩大到整个语言，整个思维方式。但是，扩大以后，象征的私人性也就消失了。所以私人象征又实际上还是局限于诗歌中。这样说来，象征变为隐喻，对于我们要讨论的问题的实质实际上还是没什么变化。

---

① 胡壮麟：《认知隐喻学》，北京大学出版社2004年版，第17—48页。

② 同上书，第48—52页。

③ 谢之君编著：《隐喻认知功能探索》，复旦大学出版社2007年版，第27页。

④ 米定芳：《隐喻学研究》，上海外语教育出版社2000年版，第4—5页。

第三节　理解：不仅仅是一个阐释学的问题

内容上的神秘主义和形式上以隐喻（象征）为核心的写作方式，导致现代主义的不可理解性。拒绝交流，拒绝理解，成了现代主义文学的首要的、标志性的风格。现代主义的晦涩即由此而来。

拒绝交流，拒绝理解，在西方文化上自有其神秘主义的根源。西方文论的老祖宗柏拉图提出的迷狂说，即把诗人写作当成神灵附体，诗人没有自己的意志，作品也和自己无关，而是神的意旨。神当然是不在乎交流的，神的意旨也不可能被人轻易理解。不仅如此，连作者自己都在神志不清的情况下创作，自己都不可能理解，别人就更如此了。我们看到，柏拉图这些论点，改头换面在西方文论中不停地出现，浪漫主义那一套就不用说了，就说后现代以来，什么作者死亡，作品独立，什么误读，什么拒绝阐释……不一而足。

不过，说起来，还是以阐释学为代表的西方现代学术把理解的问题凸显出来，同时把现代主义文学的晦涩问题以哲学的方式显现出来。

（一）阐释学的态度和方法

西方哲学史的主客二分以及科学主义的泛滥，是西方文化的一个传统。它形成了西方近代文明中自然科学的客观主义和哲学上先验的主观主义的对立。胡塞尔的现象学，意图通过意向性概念，统一主观与客观。他在晚年提出生活世界的概念。这个生活世界既不是科学的世界，也不是超验的主观世界，而是超越了主客二分。

但是胡塞尔的哲学基础始终是他的绝对的超验的自我。在胡塞尔看来，纯粹自我意识是超越一切的世界的本质，只有在这里，现象和本质才会同一。这样，胡塞尔从康德的超验自我出发，走到了黑格尔的绝对精神。同时，胡塞尔的现象学还原，不仅要搁置所有经验的价值观和观念，而且其还原的最终目的是进入纯粹自我意识的世界，所以生活世界归根到底还是纯粹自我意识活动的产物。[①]这样看来，胡塞尔仍然没有摆脱西方哲学的主观主义。

海德格尔出于对胡塞尔的不满，将胡塞尔的现象学引向了存在论。他认为“此在”只是一种偶在，“此在”并无意义。是“在者”赋予“此在”以意义。这样，主体和客体在“此在”中得到统一。不过我们可以看出，海德格尔仍然不可能消除主体中心论。他的“在者”赋予“此在”以意义，便还是一种主体中心论。

正因为这种残余的主观主义存在，海德格尔和伽达默尔，根据胡塞尔的意向性理论，建立了现代阐释学。意象行为和意向对象之间具有相关性，从来不存在没有意向对象的意向，既是胡塞尔统一主、客观的理论武器，也成了海德格尔和伽达默尔前理解结构的出发点。风靡世界的阐释学就此形成。

海德格尔建立了本体论的阐释学。“我们把理解使自己成形的活动称为解释。”“解释并不是要对被理解的东西有所认识，而是把理解中所筹划的可能性整理出来。”[②]“解释一向奠基在一种先有之中。”“解释向来奠基于先见（Vorsicht）之中，这种先见从某种可解释状态出发对先有中所获得的东西进行‘切割’。保持在先有中的并‘先见地’被瞄准了的被理解东西通过解释而成为可把握的。”“解释一向已经断然地或有所保留地决定好了对某种把握方式表示赞同；解释奠基于一种先见把握（Vorgriff）之中。”“任何解释之初都必然有这种先入之见，作为随着解释就已经‘设定了的’东西是先行给定的，这就是说，是在先有、先见和先把握中先行给定的。”[③]这就说明，纯粹的客观主义并不

① 何卫平：《从人文科学地位之确立看西方诠释学的发展》，见成中英主编《本体与诠释：中西比较》第三辑，上海社会科学院出版社2003年版。

② 海德格尔：《存在与时间》32节，陈嘉映、王庆节译，三联书店1999年版，第173页。赵一凡《西方文论讲稿》一律把陈译“领会”翻译成“理解”，似更顺畅，因此凡涉及“领会”和“理解”的地方，均从赵一凡。

③ 海德格尔：《存在与时间》，陈嘉映、王庆节译，三联书店1999年版，第175—176页。有些字句从赵一凡《西方文论讲稿》（三联书店2007年版）的译文。

存在。

一方面，海德格尔说，"解释并非把某种'含义'（bedeutung）抛到赤裸裸的现成事物头上，并不是给它贴上一种价值。随世内照面的东西本身一向已具在世界之理解中展开出来的因缘；解释无非是把这一因缘解释出来而已。"①另一方面，海德格尔谈到意义时说，意义随理解一起产生。"如果当世内在者随着此在之在一起被揭示，也就是说，随着此在之在得到理解，我们就说：它具有意义。""意义是某某东西的可理解性的栖身之所。""先行具有、先行视见和先行掌握说出了筹划的何所向，意义就是这个筹划的何所向。""意义是此在的一种生存论性质，而不是一种什么属性，依附于存在者、躲藏在在者'后面'或作为中间领域漂游在什么地方。只要在世的展开状态可以被那种于在世展开之际可得到揭示的存在者所'充满'，那么，唯此在才'有'意义。所以，只有此在能够是有意义的或是没有意义的。"②

从以上可以清楚地看出，海德格尔是如何奠定现代阐释学的基础的，阐释一定包含先见，在者并无意义，只有此在与意义相关。而意义随此在得到理解才产生。这样，实际理解和解释赋予此在以意义。从这里，可以看到海德格尔力图用解释和理解来调和主客对立，去除客观主义，又可看出西方主体中心论之顽固。如何摆正主客体的位置，在西方其实是一个千古难题。

也正是在这个意义上，解释学到海德格尔和伽达默尔就与传统解释学有了一个本质的区别。

在西方古代，诠释学是最早以神学诠释学和法学诠释学为面目出现的。前者以《圣经》为诠释学对象，后者以罗马法为诠释学对象，它们都是具有理解真理内容和服从真理旨意的作用。这就是所

① 海德格尔：《存在与时间》第32节，陈嘉映、王庆节译，三联书店1999年版，第175页。

② 同上书，第177页。

谓的独断型诠释学。[①]狄尔泰说过文艺复兴以来，出现了大量的诠释学文献，不过诠释学的最后形成要归功于对《圣经》的解释。也就是说，对《圣经》的解释一直是诠释学的最重要的起源和发展完成的原因。[②]

据何卫平《圣经解释学的内涵及其发展概论略》，追根溯源，我们可以发现很多解释学的秘密。何卫平概括伽达默尔的说法，圣经解释学的发展在西方经历了两个阶段，教父时代和宗教改革时代。[③]

基督教诞生以后，教会中出现了一批为“教父”的学者和思想家，作为《圣经》的传播者和解释者，制定出一整套基本教义和神学理论。教父时代有两个对立的解经学派。一派强调寓意解经，另一派强调字义解经。寓意解经的先驱斐洛系统地制定了“喻意解经法”。这种方法强调人们对于圣典的了解仅仅停留在字面上是不够的，还应从中找出更深刻的寓意，这就是运用哲学理论来对宗教神学进行解释并帮助宗教建立自己教义的方法。[④] 他率先将希腊逻各斯中心与希伯来宗教精神结合起来了，并相信两者的实质是一致的，所不同的只是表达方式，前者使用理论的语言，后者使用隐喻的语言，但前者可以翻译成后者，他通过对比神话和逻各斯（理性），认为后者可以成为对前者的一种理性的、分析的证明。[⑤]

据范明生研究，斐洛之前古希腊哲学家就广泛运用寓意解经学。早期古希腊哲学家就认为，在古老的神话背后，有一种隐藏的意义，他们力图从中找到哲学的含义。柏拉图在《斐德罗篇》中曾

---

① 洪汉鼎:《诠释学——它的历史和当代发展》，人民出版社2001年版，第6页。

② 狄尔泰:《诠释学的起源》，见洪汉鼎主编《理解与解释——诠释学经典文选》，东方出版社2001年版，第83页。

③ 何卫平:《圣经解释学的内涵及其发展概论略》，见《解释学之维》，人民出版社2009年版。

④ 何卫平:《解释学之维》，人民出版社2009年版，第19页。

⑤ 范明生:《晚期希腊哲学和基督教神学》，上海人民出版社1993年版，第10—11页。

说，哲学对神话的传统态度是，将神话和逻各斯（理性）进行对比，在这种对比中，逻各斯是一种理性的、分析的、真正的说明，这样从神话、诗篇中提取隐藏的意义，就成为调和哲学和神话的有力工具，后来的斯多葛派也积极使用并推进了这种方法，他们所理解的逻各斯具有内在与外在之分，内在的逻各斯指思想、理性，外在的逻各斯指思想、理性表达的语言，逻各斯是上帝与人的中介。斐洛则进一步不加限制地运用了这种喻意解释法。他批评那种拘泥于《旧约》文本字面意义的态度是低下的，毫无价值和迷信的。①

很显然，这种解释法开创了犹太教、基督教的研究和《圣经》的解经学，而且也为随心所欲解释《圣经》提供了可能。

实行这种解经法的理据是什么？斐洛认为：在任何情况下，上帝直接或者间接地都是希腊哲学和圣典的源泉，先知们只是圣灵的不自觉的工具，圣灵通过先知的讲话，和柏拉图所谓的迷狂说类似，而人的心灵和上帝是血脉相通的，因为人是上帝按照自己的形象创造出来的，所以，人有一定的接受和发现某种超时空的、普遍的真理的能力。②

德国宗教改革是传统诠释学的一个重要哲学转型。德国宗教改革使语文解释学和圣经解释学加以融合，促进了西方解释学的哲学转型。这种促进主要表现在：对独断论的教会解释传统的突破；突出字意解释，降低喻意解释，并且在当时占主导地位的认识哲学和推导下引发了一种方法论的意识，③“这种意识试图成为客观的，受对象制约，摆脱了一切主观意愿的方法”④。这和当时理性主义哲学抬头有关，这是解释学的第一个转折。

路德对传统喻意解释的不满，导致他提出“因信称义”和

---

① 范明生：《晚期希腊哲学和基督教神学》，上海人民出版社 1993 年版，第 214 页。

② 同上书，第 215 页。

③ 何卫平：《解释学之维》，人民出版社 2009 年版，第 8 页。

④ 伽达默尔：《真理与方法》（下），洪汉鼎译，上海译文出版社 1999 年版，第 716 页。

“唯有《圣经》”的口号。那么路德的解释学就从喻意解释转向了字意解释即一种客观的解释学。这是从独断论诠释学到探究型诠释学的重要转变。这时，《圣经》的地位实际上又下降了，而读者——人的地位上升了，这是一个重要的信号，理性和人本主义是联系在一起的。

随着理性主义解释学的进一步发展，《圣经》的作者进一步从神还原到人，《圣经》的文本和世俗文本的距离更小了。“斯宾诺莎在《神学政治论》认为，对《圣经》文本的解释和对自然的解释是一样的，我们应当从历史的文献出发，坚持一种科学的态度，努力通过我们的理性去剔除所有的偏见，以把握作者的原意。在这里，文本意义等于作者的原意，对文本的历史性解释也就是对作者精神的历史性的把握。”① 这可以说是对解释学发展的第二阶段的一个概括。这是一种以独断论的、解释学向客观主义的诠释学的转变。按洪汉鼎的分析，这二者都属于独断型诠释学。即认为作品的意义是永远固定不变的，作品的意义就是作者的意图，我们不断对作品进行解释，就是不断趋近作者的意图，这就是所谓的客观主义的态度。

施莱尔马赫作为第一个转折的最后代表，对这个转折做了总结。从他以后，解释学就过渡到本体论解释学。洪汉鼎认为，第一个转折，代表人物施莱尔马赫把解释学从独断论的教条中解放出来，成为一种普遍诠释学。这个转折还使对真理内容的理解转变成对作者意图的理解。②

从伏尔泰开始到伽达默尔为止，诠释学从方法论转移到本体论，这时“诠释学的对象不再单纯是文本或人的其他精神客观化物，而是人的此在本身，理解不再是对文本的外在解释，而是对人的存在方式的揭示，诠释学不再被认为是对深藏于文本里的作者心

① 何卫平：《解释学之维》，人民出版社2009年版，第13页。

② 洪汉鼎：《诠释学——它的历史和当代发展》，人民出版社2001年版，第28页。

理意向的探究，而是被规定为对文本所展示的存在世界的阐释”[1]。这就是所谓的探究型的诠释学。这种诠释学认为，作品的真理内容“随着不同时代和不同人的理解而不断地进行改变。作品的真正意义并不存在于作品本身之中，而是存在于它的不断再现和解释中。我们理解作品的意义，光发现作品的意义是不够的，还需要发明。”[2] 这种说法和探究型诠释学的所谓视界融合密不可分。正因为探究型诠释学不再驱除读者的前见、前理解、固有视域，而认为这是一种必需，理解就是读者与作品的视线融合，才会出现作品的意义不再固定不变，需要发明的说法。

洪汉鼎说：“譬喻对于伽达默尔不仅是一个中心概念，而且也是一种思维方式。”[3] “譬喻为诠释学循环、视域融合模型和传统类推法提供了范例。总之，譬喻是诠释学的譬喻。”“伽达默尔对语言和譬喻的首要性的强调暗示了它们是实在——而诠释学正是这种实在的譬喻。”“伽达默尔主要想指明譬喻转换时一般语言的基本特征，而不是诗所特有的性质。”[4]这个解说真是透彻。比喻的方式就是阐释学的态度和方法。换句话说，比喻就是人类认识世界的方式。它不是理性主义自以为是的客观主义的精准方式，而是充满了歧义、模糊义和主观色彩。不理解比喻就无法理解前见、视域融合、阐释学循环，就无法理解阐释学。

从以上介绍我们可以看出，这也是一个解释学的循环。西方解释学，到施莱尔马赫处发生转折，从喻意解经的独断型转向客观主义，而从狄尔泰开始到伽达默尔又开始往回转，到伽达默尔，解释学定位上又回到了斐洛的喻意解释法。在这个最新的解释学时代，隐喻重新恢复了它崇高的地位，作者死了，作者不过是真理的代言人。读者地位上升了，作品不再有客观性，作品是真理的显现，意

① 洪汉鼎：《诠释学——它的历史和当代发展》，人民出版社2001年版，第28页。
② 同上书，第20页。
③ 洪汉鼎：《理解的真理》，山东人民出版社2001年版，第322页。
④ 以上均见洪汉鼎《理解的真理》，山东人民出版社2001年版，第323页。

义是发明的，读者的解读才是作品意义的奥秘。因此，随心所欲解读文本不仅可能，而且必要，到极端，误读就是理解。

当然，区别也是有的。上帝不见了，它以真理、天道的面目出现，《圣经》变成了文本，先知成了作者，解经人成了批评家和读者，读者心中有了先见、视界融合。这个先见，其实就是隐喻理论中的互动论，一切奥秘就在隐喻之中。说来说去，又回到了隐喻，回到了“喻意解释法”。

什么叫文化传统？这就叫文化传统。阐释学能学吗？能，能引进，也能消化，不过有一个前提，得像五四新文化运动一样，推倒重来，在中国，重新经历一次古希腊和中世纪，直到二十一世纪。

（二）与象征（隐喻）相关：20世纪西方文论种种

20世纪是文学理论的世纪。除了现代主义作家的理论，专门的文论也出现了。

按胡经之、张首映主编的《西方二十世纪文论选》[①]，把20世纪西方文论分为四大系统：作者系统（包括表现主义、象征主义、文艺心理学派）、作品系统（包括形式主义、新批评、结构主义、符号学、解构主义）、读者系统（包括阅读现象学、接受美学、文艺阐释学、读者反应理论）、社会—文化系统（包括自然—经验主义、文化分析、新马克思主义、法兰克福学派、批评学），这种分类方法虽与时下流行的分类略有差异，但仍是一种清晰准确的分类。我们试结合其他的分类，而以此为准，来分析一下20世纪西方文论与文学的关系。

一般来说，不管文艺理论采取何种态度，它通常都会有一个支持的对象，也就是说，文艺理论通常总是为某一派文学辩护或解释而存在的。那么从这个角度来看，根据西方20世纪现代派文学与

---

① 胡经之、张首映主编：《西方二十世纪文论选》，中国社会科学出版社1989年版。

后现代文学的文学实际，笔者把西方文论分为现代主义文论与后现代主义文论。去掉一些不太重要的流派，笔者把现代主义文论分为：作者系统中的表现主义、象征主义、原型批评、作品系统中的形式主义。可以这么说，表现主义、象征主义、文艺心理学派、原型批评、形式主义、新批评、结构主义、符号学、阅读现象学、接受美学、文艺阐释学、读者反应理论，都是现代主义派别的文学理论。而社会—文化系统的自然经验主义、文化分析、新马克思主义、法兰克福学派、批评学最终却倒向了后现代主义文学。

表现主义和象征主义就不说了。原型批评是心理分析学派的分支和发展。原型批评是象征批评的典范。据荣格的说法，原型出自集体无意识。他说：“个人无意识的内容主要由名为带感情色彩的情绪所组成，它们构成心理生活中的个人和私人的一面。而集体无意识的内容则是所说的原型。”① 原型通过传说、神话和童话传递。荣格指出：“一个原型内容首要的是采用隐喻方法来表达自己，如果内容指的是太阳，那么用以说明的则是狮子、帝王、一大堆由龙守卫的金子，或授予人以生命和健康的力量等等，此刻无论是这一件或那一件，都不能找到一个还算妥善的表达方式，只有未知的第三者，才能用隐喻做到。”② “原型本身是空洞的，纯形式的，只不过是一个先天的能力，一种被认为是先验的表达的可能性。”③

而原型批评家弗莱则说：“正因为现实主义是一种含蓄的明喻艺术，神话就成了一种具有含蓄隐喻特征的艺术。”“神话就成了文学构思的一个极端，自然主义是另一个极端，两者之间是传奇的整个领域……凡能在神话中找到隐喻对应的事物，在传奇中只能用

① 荣格：《集体无意识和原型》，见《西方二十世纪文论选》第 1 卷，中国社会科学出版社 1989 年版，第 297—298 页。

② 胡经之、张首映主编：《西方二十世纪文论选》第 1 卷，中国社会科学出版社 1989 年版，第 303—304 页。

③ 同上书，第 304 页。

类比、意义关联、附带的伴随意象等明喻手段来联结。”[1] 原型理论成了象征主义的一个新的理论支持，原型也被当成了一类重要的象征。弗莱提出文学的若干原型：第一，黎明、春天和出生方面；第二，天顶、夏天、婚姻和胜利方面；第三，日落、秋天和死亡方面；第四，黑暗、冬天和毁灭方面。[2]

作品系统的形式主义、新批评、结构主义都是现代主义文学系列的理论。

形式主义文论，顾名思义，主要侧重形式研究。他们向结构主义语言家学习，研究文学的内部构造，引入语言学、修辞学的一系列术语，使文学理论成为了语言学的一个分支。

从形式入手，俄国形式主义者别出心裁地提出两个概念：文学性与陌生化。“雅各布逊和什克洛夫斯基一起，以普希金的诗歌证明诗歌不一定要用形象思维，许多非文学活动有时用形象思维，文学的首要特点在于语言性和文学性……”[3] “文学性体现在艺术形式之中。” “艺术独立于生活，它自己独立于世界。与现实生活无关。”[4]

“文学性还表现在技巧之中。”形式和技巧的结果便是陌生化。即把生活中、文化思想中、文学传统中的人们熟悉的变得陌生，“文学性较为集中的体现在使生活陌生化的过程中”，在陌生化的过程中，文学便诞生了。什克洛夫斯基认为：“那种被称为艺术的东西的存在，正是为了唤回人对生活的感受，使人感受到事物，使石头更成其为石头……艺术的手法是事物的‘反常化’手法，是复杂化形式的手法，它增加了感受的难度和时间，既然艺术中的领悟过程是以自身为目的，它就理应延长；艺术是一种体验事物之创造

① 弗莱：《批评的解剖》，见《西方二十世纪文论选》第1卷，中国社会科学出版社1989年版，第356页。

② 弗莱：《文学的若干原型》，见《西方二十世纪文论选》第1卷，中国社会科学出版社1989年版，第382—383页。

③ 张首映：《西方二十世纪文论史》，北京大学出版社1999年版，第132页。

④ 同上。

的方式，而被创造出在艺术中无足轻重。”[①] 什克洛夫斯基指出，形式创造内容。这些观点被广为传播，造成了深远的影响。我们可以猜测，前面为象征主义辩护的理由就来自这里。

“发端于20年代，极盛于40、50年代的英美新批评派，是从象征主义的美学观点出发，把作品看成独立的客观的象征物，是与外界事物绝缘的有机体。他们强调作品的客观存在，注重研究个别作品。与之相反，流行于50、60年代的法国现象学派，则以存在主义和胡塞尔现象学理论作为哲学基础，否认作品有什么客观存在，认为作品只有在读者的意识中才有存在，这是片面强调读者（或批评者）主观感受的理论，60、70年代兴起的结构主义介乎两派之间，既承认事物有可以认识的客观结构，也重视人的心智揭示事物意义的作用，认为揭示一个系统的结构也就是赋予事物以意义的活动。他们既不像新批评派那样强调‘客观存在’，也不像现象学派突出‘主观感受’”。[②]

此文作于1979年，时隔三十多年，重看这个概括，仍然为其精准而惊讶。

英美新批评派受俄国形式主义文论影响，注重形式和语言的研究。英美新批评是现代主义的有力辩护者，从瑞恰兹、休姆、庞德、艾略特到燕卜逊，无不如此。其中庞德和艾略特还是现代主义的重要作家。不过有意思的是，艾略特却不是一个形式主义者。[③]

“文字作品都是复杂的构成，这种复杂的构成不是散漫的无序的构成，而是有机的辩论的构成，这一点，新批评派的看法和象征主义的观点颇为接近。”[④] 其实，新批评可以说就是用形式主义的方法，进行象征主义的文学研究。

新批评的特征是：第一，“新批评家与众不同的步骤是对作品

---

① 什克洛夫斯基：《俄国形式主义文论选》，三联书店1989年版，第6页。
② 袁可嘉：《现代派·英美讨论》，中国社会科学出版社1985年版，第57—58页。
③ 赵毅衡：《新批评》，中国社会科学出版社1985年版，第6页。
④ 张首映：《西方二十世纪文论史》，北京大学出版社1999年版，第149页。

的详细解释，或者仔细的阅读，详尽精妙地分析一部作品中各种组成部分之间的复杂关系和含混意（或多意）。”第二，“新批评的原理基本上是字面的，就是说，文学被想象成为一种特别的语言，它的特征是用对科学语言和对富有逻辑性演说的语言的系统性的反对来说明。新批评的主要思想是论述词义，词的相互作用，修辞和象征。”第三，“与欧洲形式主义不同的是，典型的新批评家不把语言学理论应用于诗歌；他们研究的重点既不是诗体，也不是语言媒介自身中的其他形式，而是一部作品的语言在讽刺、反论和比喻的意义方面的复杂相互作用。”①

新批评派反对作家研究，反对类型学和文体学的批评，对单个文体进行封闭式讨论。布鲁克斯总结了新批评的几个信念，无非是强调形式，强调具体。其中有一条特别引人注目：“文学最终是隐喻的，象征的”。② 这说明了新批评派作为以象征主义为核心的现代主义文学理论的实质。

新批评派发明了许多方法，比方瑞恰兹提出的中和诗，退特提出的张力论及其发展。在文学语言的研究上，新批评派也提出了若干新观点。瑞恰兹研究文学语言，把象征主义文学语言特征提升为一般的规律。他认为文学语言与科学语言不同，首先，文学语言和科学语言在“传真”上明显不同，文学语言的真具有主观性。③ 其次，科学语言必须合乎逻辑，而文学语言呢？

“但为了达到感情目的，逻辑安排就不是必须的了，逻辑安排可能是而且往往是一种障碍。重要的是联想所引起的一系列态度应有其自己的正确组织，自己的感情的相互关系，而这并不依赖于产

---

① M. H. 阿伯拉姆斯（即艾布拉姆斯）:《简明外国文学词典》，湖南人民出版社1987年版，第230、312页。

② 布鲁克斯:《形式主义批评家》，见赵毅衡选编《新批评文集》，中国社会科学出版社1988年版，第486—487页。

③ 张首映:《西方二十世纪文论史》，北京大学出版社1999年版，第163页。

生态度时可能需要的联想之间的逻辑关系。”① 这是直接否认了文学语言的逻辑，为现代主义的思维混乱提供了理论说明，也是非理性的理性宣言。

瑞恰兹又反复论证文学语言的多义性和复杂性②，关于这一点，瑞恰兹集其大成。“‘含混’本身可以意味着你的意思不肯定，意味着有意说好几种意义，意味着可能二者之一或二者皆指，意味着一次陈述有好几种意义。如果你愿意的话，能够把这种种意义分开来是有用的。但是你在某一点上谁将它们分开所能解决的问题并不见得能比所能引起的问题更多，因此，我常常利用含混的含混性，宣称‘这像个含混语’来表达既包括一首诗的读者也包括诗的作者的诗，借以避免在传达上引起不相干的问题。”③ 中国翻译成朦胧，其实是自作多情，这种含混与朦胧其实是两回事。

总之，英美新批评接过形式主义的旗帜，为现代主义成为西方20世纪的文学主流地位的确立做了关键性的工作，新批评者韦勒克、沃伦说：“我们必须首先尽力探讨用以描述和分析艺术品不同层面的方法，这些层面是：（1）声音层面，谐音、节奏和格律；（2）意义单元，它决定文学作品形式上的语言结构、风格与文体的规则，并对之做系统的研讨；（3）意象和隐喻，即所有文体风格中可表现诗的最核心的部分，需要特别探讨，因为它们还几乎难以觉察地转换；（4）存在于象征和象征系统中的诗的特殊‘世界’，我们称这些象征和象征系统为诗的‘神话’。由叙述性的小说投射出的世界所提出的；（5）有关形式与技巧的特殊问题。”④ 从中可以看出，修辞问题尤其隐喻和象征是新批评文论关注的核心。不过新批评从隐喻和象征扩展开来，发展出张力、反讽等概

① 瑞恰兹：《语言的两种用法》，见张首映《西方二十世纪文论史》，北京大学出版社1999年版，第155页。

② 张首映：《西方二十世纪文论史》，北京大学出版社1999年版，第165页。

③ 燕卜逊：《七种含混的形态》，见《现代英美资产阶级文艺理论》，第111页。又见燕卜逊《朦胧的七种类型》，中国美术学院出版社1996年版。

④ 韦勒克、沃伦：《文学理论》，江苏教育出版社2005年版，第165页。

念，所以新批评是现代主义理论里成绩最大的一派。

20世纪60年代，新批评走向衰落，结构主义继起，成为形式主义文论的集大成者。[①] 结构主义分为前后两部分，即前结构主义和后结构主义。后结构主义属于后现代，容当后叙。不过后结构主义也有些属于前结构主义的言论，因此可以综合起来讨论。

对于结构主义，可以认为它注重文本的深层结构，比形式主义和新批评更强调高度的抽象。它也研究封闭的文本，但不再局限于单个的文本，而是把作品群的模式用抽象手段找出来。[②]

结构主义采取二元对立的方法。据张首映概括，结构主义的“二项对立”包括十几种，与文论关系密切的有六种。共时（synchrone）和历时（diachrone）；横组合关系和纵组合关系；语言和言语；代码和信息；所指和能指。

所谓共时，指同时或一定的时间单元，其间的语言很少变化。历时语言学则是指从历史的角度考虑语言的变化。横组合关系之语言的句段关系，纵组合关系之特定句段中的词语“现在”没有出现的许多有共性的词，即产生联想关系的词。其中，在横组合关系中，文学的换喻（转喻）表现突出，在纵组合关系中，文学的隐喻表现明显。[③] 历时性、换喻、横组合（组合/句段的）在一起，共时性、隐喻、纵组合（选择/联想）又在一起。[④] 所谓语言，是一种抽象集体形式，言语则是潜意识的语言和个人性的语言之和。

结构主义把叙事文学作品作为主要研究对象，但也有涉及诗歌体裁。让·科恩对法国历史上不同流派的代表诗人进行了分析，包括古典派的高乃依、拉辛、莫里哀，浪漫派的拉马丁、雨果、海涅和象征派的兰波、韦莱纳、马拉美，认为九人的诗作均有不合逻辑、不合情理之处，因此，把现代派的不合逻辑、不合情理扩展到

① 张首映：《西方二十世纪文论史》，北京大学出版社1999年版，第169页。
② 同上书，第171页。
③ 同上书，第174页。
④ 同上书，第175页。

诗歌发展的一种内在必然性。他总结古典派诗中不合逻辑、不合情理有十一处，占3.6%，浪漫派总计有七十一处，占23.6%，象征派最多，一百三十九处，占46.3%。

这真是一个有意思的绝妙的统计。其实，古典派的不合逻辑不合情理，和象征派的不合逻辑不合情理完全是两回事，前者是有限的，后者是无限的，在性质上也有本质的区别。前者的不合逻辑是一种修辞，后者的不合逻辑是本身具有的混乱。

现象学文论的最大特点就是贬低作者或作品的本体地位，而把读者或批评家提高到本体论的观照中。

读者系统的哲学根源是现象学，张首映概括得非常精辟："在'意向性'和'回到事物中去'这两点上，无论胡塞尔的'现象'，或舍勒的'本质直观'，或哈贝马斯的'理性联盟'，或杜夫海纳的'审美经验'，或普莱的'意识'等，它们都没有，至少在名称上没有抛弃现象学这两根支柱。"而现象学的两大支柱也针对性极强，那就是针对从柏拉图开始直到十九世纪西方哲学的主客二分的哲学传统。意向性实际上就是物体与意识的交接点，它包括：第一，自我。第二，对象。第三，意象方式。第四，意象内容。主体和客体在意向性中统一起来。正如现象学家们经常说的，没有纯粹的，空洞的意识，一切意识都是对某物的意识，意识天生就有指向性和关联性。

现象学在方法上以现象学还原而著称，它分为三步，首先，即现象的还原，即已知的东西全部通过意识认识它们。其次，为本质还原，通过本质直观，把多样性集中到一般上来。最后，为先验的还原，在前二者基础上，彻底排除事实性，返回作为一切意义的基础和意识构成性基础的先验自我。

于是，在现象学文论中，文学成了"纯粹意向性客体"。又因为现象学"面向事物本身"，而"事情本身"，"只有观念的运动，即方法，才是事情本身"。[①] 从意向性到事物本身，可以看出，现

---

① 胡塞尔：《现象学的方法》，上海译文出版社1994年版，第83页。

象学力求弥合主客裂缝，实际还是一种唯心主义，主观统一客观还是没变。它决定一切在现象学门下的阅读现象学、解释学、接受美学、读者反应理论都呈一种主观主义的唯我论的形态。

而对此前的作者、文本、读者、世界的四个关系，作者—文本构成主客关系，读者与文本构成主客关系，作者与世界也构成主客关系。作者与世界的关系产生了作者—文本关系，现象学文论都用意向性和面向事物本身加以改造。

作者—世界—作品—读者，这里有两对主客关系，意向性把它们整合在一起，萨特《为谁写作》中说："既然作者和读者都在相互寻找自由，从一个世界上经过时都感到痛苦不安，那么我们同样可以说，作者是通过对世界的某个方面的选择来确定他自己的读者；反过来，作家正是通过对读者的选择来决定他的主题的。因此，所有的精神产品本身包含着他们所确定的读者和形象"①

意向性把作者、世界、作品、读者都联系起来，以作品为桥梁，在这种新的关系中，读者成为真正的主体。由于作品被读者评判，因此作者也连带被读者评判，正是这种关系中，作家与读者这对关系中，作家成为客体。作家、作品作为客体从而被迫沉沦，这是西方哲学的本性使然，主体性思维在西方哲学中永远占最主要的地位。主体性依然，不过主体变更而已。

萨特说："我成了一个被别人视为作家的人，也就是说，这个人应当能回答某种要求，人们不管他愿意不愿意，都要授予他某种社会职能。不管他想干什么，他都必须根据别人对他的告诫行事，人们把某个特定的任务进行改造，但为了改变人物，他势必首先深入人物之中。同样，读者也用他们的习惯，他们对世界的看法以及他们所处的那个社会中的社会观和文学观来加以干预。"②

"书本身只是一种无活力的，黑暗的存在，一张白纸上写的字

---

① 萨特:《为谁写作》，见胡经之、张首映主编《西方二十世纪文论选》第3卷，中国社会科学出版社1989年版，第122页。

② 同上书，第124页。

和符号，他们的意义在意识还没有使之现实化之前，仍然停留在潜在状态。”[①] 这样，读者取得了主体地位。

尽管如此，现象学文论家侧重点各有不同，海德格尔、莫伽登、伽达默尔更重视对文本进行意向性分析，日内瓦学派的批评家更倾向于显示作者的纯粹意识。[②] 英伽登把文本当作“意向客体”，[③] 而布莱只对创作主体感兴趣，当然，二者都是用现象学的意向性方法。杜夫海纳对作品当作语言与句法的存在有一个批评，颇能说明现象学文论的基调：如果那样的话，“批评就割断了作品与作家之间以及作品通过作家与世界之间连接的纽带”[④]。

文学阐释学既是现象学的一个分支，也是现代主义文学理论系列的一种。

前理解、成见是阐释学区别于以前的一个重要概念，前理解、成见其实是从意向性概念派生出来的。“前理解是阐释者的一种认知结构，潜藏于具体理解文本的时候”。[⑤] 总的说来，就是阅读作品前“头脑中各种各样的文字符号、文学作品、文化知识、意识形态观念，一些无意识的东西如梦和欲望，一些在社会生活中形成的印象和概念等。”[⑥] 阐释学认为前理解或成见不仅不是理解的障碍，反而是理解的必要前提。于是，理解便成了视界融合。即文本的视界与读者的视界的融合，理解就是把这两种视界融合在一起，产生两者都超越了自身的新的视界，组成一个共同的新的视界，阐释者与文本形成对话的模式，显然，这都是意向型概念生发出来的。

文学阐释学理论家颇多，代表性作家当然就是伽达默尔。

伽达默尔分析了许多重要的阐释概念，其中游戏与象征尤其有

---

① 杜夫海纳：《文学批评与现象学》，见胡经之、张首映主编《西方二十世纪文论选》第3卷，中国社会科学出版社1989年版，第73页。

② 张首映：《西方二十世纪文论史》，北京大学出版社1999年版，第225页。

③ 英伽登：《对文学的艺术作品的认识》，中国文联出版公司1988年版，第34页。

④ 杜夫海纳：《美学与哲学》，中国社会科学出版社1985年版，第142页。

⑤ 张首映：《西方二十世纪文论史》，北京大学出版社1999年版，第245页。

⑥ 同上书，第244页。

针对性。

伽达默尔认为游戏是艺术品的存在方式，游戏自我表现，自为主体，自以为是，自成运动，是一个封闭的整体。它没有直接的目的和功利，游戏者把自己及自我作为游戏本身的组成部分，文学如游戏。它把观赏者带入游戏之中。①

对象征，前面我们已经引用了很多伽达默尔关于象征与隐喻的议论，伽达默尔与前面不同，他赞成歌德的口号，交流使人智慧，一切都是象征。“归根究底。歌德的论断‘万物皆象征’是对阐释学思想最全面的概括，它表明一切事物都指示出其他事物。”②象征表现了文本的多重性与多义性。

伽达默尔反对这种说法叫象征：某种东西被说成与其所指完全不同的东西，但人们也不直接说出它所指的那个东西。他认为作为艺术的象征性不是建立在指示和隐藏的不可调和的对立的关系之上。象征并不单纯指示出一种意义，而是使意义出现，它本身就体现着意义。它并不涉及用理智来补充的目的意义，而是它的意义就永驻于象征本身。③ 张首映说得好：“这种作为象征的艺术，潜藏着多种解释，向读者和批评家敞开；批评家们从不同侧面揭示的不同意义，都是对其公开的，暗含的或本身无意义的揭示；文学作品的意义永驻与它自身，为文学解释提供了无穷无尽的可能性。”由此，我们知道阐释学和建立在象征基础的现代派文学艺术的共通性。

而前面我们提到的利科，他通过对象征记忆载体的研究，把语言——文本问题提到首要地位。④

“在意志哲学时期，利科并没有意识到解释学问题的真正维

① 伽达默尔:《真理与方法》，上海译文出版社 1999 年版，第 99 页。

② 伽达默尔:《哲学解释学》，上海人民出版社 1994 年版。

③ 伽达默尔:《作为象征的艺术》，见胡经之、张首映主编《西方二十世纪文论选》第 3 卷，中国社会科学出版社 1989 年版。

④ 扬大春:《语言 身体 他者——当代法国哲学的三大主题》，三联书店 2007 年版，第 53 页。

度，在当时的他看来，语言似乎与其他活动一样无须解释，它为我们直接经验到。但在后来的进展中，他还是感觉到了解释的必要，因为存在着象征问题。”① 这再一次说明，解释学的兴起与象征的关系，解释学的视域融合，与其说是一种生存论哲学，不如说是对象征的直观理解，它说明了解释学的为现代主义辩护的理论本质。

读者系统的最后一个重镇即是接受美学，接受美学清除了现象学美学在读者、作者、作品之间的摇摆不定，坚定地确立了读者的本体地位。黑格尔在《逻辑学》区别了“寻在”与“定在”，认为存在是未被规定的客观存在，定在是规定了的存在。② 海德格尔便以此区别作为他哲学的出发点。德文中存在为 Existenz，定在为 Dasein，害的各位把定在 Dasein 引入作为中心概念，把它作为人在某一有限时间的个人寻在来理解，叫亲在。③ 如果作品是在者的话，那么亲在就是接受者。作品必须有读者的理解或解释，否则，作品就没有任何意义。接受美学在此基础上更进了一步。

接受美学的两大代表人物伊瑟尔和尧斯系统阐释了接受美学的基本原理。伊瑟尔用“不确定性”和“空白”进一步说明读者和文本的相互依存关系。“空白是文本看不见的接头之处。”“空白从相互关系中划分出图式和文本观点，同时触发读者方面的想象活动。”④ 空白导致文本的未定性，空白和不确定性就成了文本的基础结构，它使读者能发挥想象，用自己的经验、情感“填补”这些空白。这就是所谓的“召唤结构”。于是作品的意义来源于两个方面，一是作品本身，二是读者的赋予。不过，主要是读者赋予，在

---

① 扬大春：《语言 身体 他者——当代法国哲学的三大主题》，三联书店 2007 年版，第 53 页。

② 黑格尔：《逻辑学》第二卷，贺麟译，商务印书馆 1983 年版，第 102 页。

③ 海德格尔：《存在与时间》，陈嘉映译，三联书店 1999 年版。

④ 伊瑟尔：《阅读活动——审美反应理论》，中国社会科学出版社 1991 年版，第 220 页。

阅读和批评活动中。读者相对于作品和作者，始终处于中心地位。这是西方自我中心论在文学批评中的再一次反映。

从此上可知，接受理论对于阐释学有所修正，成见与前理解不见了，同是读者赋予意义，阅读变成了对空白的填充活动，伊瑟尔说：“现实对读者的印象取决于读者挖掘作品中隐藏内容的程度，但在提供未描写的环节时，他必须以自己完全陌生的经验去思索；的确，正是因为他将所熟悉的经验世界置于一旁，他才能真正领会享受作品的乐趣。”①前理解和成见在接受美学那里变成了期待视野，读者在阅读作品时往往有一种期待的心理和视野，当读者阅读的作品与自己的审美经验和期待视野一致的时候，读者反而会失去阅读作品的兴趣，但是，当读者阅读的作品超出或矫正了期待视野的时候，读者往往兴高采烈。②

接受美学不可避免受形式主义和新批评的影响，从期待视野的概念就可以看出“陌生化”的影子，伊瑟尔还说：“再创造活动并不是顺利、持续的过程，实际上，它依赖思路的受阻生效。”③“使读者熟悉的事物陌生化必然导致一种紧张，加强了它的期望，同时，对期望的不信任。”④“唤醒我们既成的熟悉的事物，然后加以否定。通过这种方法，文学作品的效用得到了体现。”⑤当然，接受理论也为现代主义文学的晦涩做了有力的辩护。“作品如缺乏适当的隐晦的缝隙，我们就不能利用自己的想象力。”⑥

为现代主义文学辩护的阐释的文学理论基本上就是以上这些派别，其他像布莱希特的“间离化”理论，实际上与形式主义的陌生

---

① 伊瑟尔：《阅读过程：一种现象学方法探讨》，见胡经之、张首映主编《西方二十世纪文论选》第3卷，中国社会科学出版社1989年版，第192页。

② 张首映：《西方二十世纪文论史》，北京大学出版社1999年版，第277页。

③ 胡经之、张首映主编：《西方二十世纪文论选》第3卷，中国社会科学出版社1989年版，第199页。

④ 同上。

⑤ 同上书，第200页。

⑥ 同上书，第193页。

化大同小异。

西方20世纪文论，在某种意义上可分为给现代主义辩护的和批评现代主义的两大派别，批评现代主义的派别同时开启和维护了后现代主义。当然也有一些介于二者之间，处于过渡状态。比如存在主义既是现代主义的辩护者和参与者，同时也是为后现代主义开了先河，巴赫金也是一样，这些我们要在后面加以论述。法兰克福学派一方面肯定现代主义艺术，另一方面又判了它的死刑，从而为后现代艺术开启了大门。这里值得一提的是美国后现代主义的解构批评家即所谓耶鲁四人帮的阅读即误读、误读即写作、写作即误读的口号，其与阐释学、接受理论的明显继承关系，尤其其为现代主义辩护的实质，这也说明现代主义与后现代主义并没有难以逾越的鸿沟。

保罗·德曼（Paul de Man）是解构主义文学理论家。他的功绩在于把解构思想引入文学理论。保罗·德曼在《阅读的寓言》所说的“阅读”也就是惯常所说的“阐释”。他认为，任何阅读都是误读，因为阅读要用语言，而语言总是一种修辞，即说法，从而不可能有唯一的解读，而是有各种不同读法。由此，保罗·德曼提出了他最有代表性的观点，即任何阅读所获得的洞见同时也是盲点，因为它总是从某种预设出发，从而必然忽略了其他视点。

布鲁姆《影响的焦虑》讨论了十八世纪以来的大诗人布莱克、华兹华斯、济慈和叶芝，美国的爱默生、惠特曼和史蒂文斯，以及到该书1973年出版时的当代英美诗人。“绝大多数所谓的对诗的精确的解释实际上比谬误还要糟糕。也许只存在或多或少具有创造性或趣味性的误读；理由很简单：每一次阅读难道不都是一次‘克里纳门’（clinamen误读）吗？”①

既然“阅读总是误读”，这就给了读者（批评家）梦寐以求的解释作品的全权。或者说，过度诠释、随意诠释作品的全权。批评

① 布鲁姆：《影响的焦虑》，江苏教育出版社2006年版，第44—45页。

家得到这种权力欣喜若狂，为了维护这种来之不易的权力，他们更加推崇文本的不确定性。换句话说，作品越是难懂，批评家越好说话。如果作品谁也不懂，绝对的不能懂，他们就能为所欲为，信口雌黄。

就这样，现代主义文学理论走向了解构主义，走向了相对主义的极端。阅读即误读，实际上取消了阅读。这种荒谬的理论，事实上取消了交流，使作者、文本、读者、世界成为互相隔离的荒岛，从而取消了一切文化艺术。解构主义属于后现代，因为它的阐释学来源和相似性，就把它放在现代主义文论里讨论。①

最后，从上可以看出，理解其实是20世纪以来哲学和文学理论的关键词，是各种理论关注的焦点。关于这一点，我们看了下面的论述就会更清楚。

第四节　对晦涩理论的总批判

对于病句诗，其实无人能看懂，但是就像皇帝的新装，谁也不敢说自己不懂。因为那两个骗子来头太大，谁也不敢反抗。我们因此花了大量的时间来介绍清理两个骗子的来历，让大家知道为什么象征主义几乎一无是处，而西方要搞象征主义的原因。同时以子之矛攻子之盾，用西方理论来驳斥西方理论。不这样，病句诗永远打不倒。下面我们来进行这个工作。

（一）维特根斯坦对私人语言的致命一击

从海德格尔到伽达默尔到利科，一直到德里达，我们发现，他们的语言哲学还是现代主义的，为现代主义文学辩护，甚至根本就是来自于现代主义文学。真正的后现代语言学不是德法语言哲学，

---

① 袁世硕对接受理论发表质疑，说明中国学者对20世纪西方文论的缺陷也开始有所认识。见袁世硕《接受理论的悖论》，《文史哲》2013年第1期。

而是属于美学哲学的经验主义的语言学系统，特别是后期维特根斯坦。

英美经验主义起源于洛克、贝克莱和休谟，经验主义其实是广义的理性主义的一个分支，如果把德法理性主义叫纯粹理性主义的话，那么可以叫它经验理性主义，虽然如此，经验主义还是通过休谟到尼采，彻底动摇了纯粹理性的根基，为此康德和胡塞尔忙活一辈子也没能挽救回来。到了20世纪，经验主义化身为分析哲学，终于喊出终结形而上学的口号，纯粹理性寿终正寝，分析哲学从此使理性变成方法论，使理性的信奉者海德格尔、伽达默尔、哈贝马斯大为头疼。

英美分析哲学还是成功了，它不仅成功地取消了形而上学，还改造了德法哲学，使得有着悠久历史的德法理性主义改换门庭投身到了经验主义的怀抱。德国还有伽达默尔作为理论的残余，但阐释学也和传统纯粹理性不可同日而语。它的理性自信也丧失殆尽了。哈贝马斯不得不提倡沟通理性，对传统的主体性进行变通，而法国哲学则完全倒入英美的怀抱，法国哲学挂起解构主义的招牌，祭起游戏的法宝，发起一场轰轰烈烈的后现代主义文化运动。但前面我们说过，德法的语言哲学却还是现代主义老路数，具有神秘自主性，它其实是古希腊神秘主义的延续。

分析哲学的语言论也彻底走上了经验主义的道路，也是工具论的延续。它的语言论就是分析哲学本身，因此，英美哲学成功地实行了语言学转向。这种转向显然比海德格尔的转向更彻底。分析哲学方法只有语言学的方法，即人工语言的分析方法和日常语言的分析方法，下面我们略作介绍。

分析哲学的创始人是德国的弗雷格。弗雷格首次提出要构造一种纯思维的形式语言，即人工语言。因为普通语言的表达形式不完善，日常用语常有歧义，句法结构也不明确。弗雷格因此想建立一种人工语言，这种语言是规则而精确的，是为科学表达构造出来的辅助工具。但罗素、维特根斯坦、卡尔纳普等分析哲学家利用人工语言，清除对日常语言的误用，从而终止形而上学的伪问题，这是分析哲学的发展。

而罗素和维特根斯坦都认为，他所构造的人工语言和世界是同构的。这一点被称为同构论和图像论。“按照维特根斯坦的看法，正因为语言与世界有着相同的结构，所以语言才能描述世界，语言才能成为世界的图像。反过来，语言与世界除了结构相同以外，并无任何其它的相同之处。”① 这就完全把神秘主义消除了出去。英国哲学家摩尔“认为哲学的道理不是隐藏在世界背后的超越人的普通知识和理解能力的思辨真理，而是每个平常人都具备的常识。”② 他开创了日常语言哲学的分析传统。弗雷格的人工语言是完全形式化的，任何人都可以坐下来，像做数学一样推算就可以，从形式上不具任何理解障碍，没有任何歧义。

维特根斯坦的后期哲学是有更明显的后现代特点。维特根斯坦坚持了洛克、休谟的经验主义观点：“由于另外一个事件的发生，一个事件就必定发生，这种强制性是没有的。只有一种逻辑的必然性。”③“不能从现在的那些事件，推论出将来的事件。相信因果关系就是迷信。”④ 维特根斯坦后期反思语言与事实具有相同的结构这一中国人看来明显是梦话的假设。他认识到语言的规则实际上是群体的生活方式和语言使用的习惯使然，并没有统一的语言逻辑形式，因此语言与事实一致就谈不上了。要理解维特根斯坦的语言哲学，还得从古希腊说起。

柏拉图讨论了两种语言学理论：即约定论与自然主义摹写论。约定论主张语言是符号，通过一种约定，符号指称对象，语词与对象之间除了一种约定关系以外并没有任何符合或相似的关系。反

---

① 张庆熊、周林东、徐英瑾：《二十世纪英美哲学》，人民出版社 2005 年版，第 109 页。

② 张首映：《西方二十世纪文论史》，北京大学出版社 1999 年版，第 83 页。

③ 维特根斯坦：《逻辑哲学论》，郭英译，商务印书馆 1962 年版，6.37，第 94 页。

④ 同上书，5.13，第 60、61 页。

之，自然主义摹写论主张语词是其对象的摹本或形象，每一概念完全精确地是它所指称的对象的图画。[①] 而伽达默尔则认为事物与语言是一种内在的统一关系，理解事物就是倾听事物的语言，因此既没有先于事物的语言，也没有离开事物的语言。[②]

现代的卡尔纳普和逻辑经验论者的符号论和维特根斯坦的图像论显然渊源于此。图像论认为语言是图像或摹本，有着对存在的指称或指明。图像或摹本不可随意改变，而符号则可以随意改变。符号论也可叫语言工具论，即主张语言是一种工具，它既服务于其目的，又可为另一种更好的工具所替换。[③]

维特根斯坦后期哲学体现在 1945 年的《哲学研究》里。[④] 他以语言的游戏理论取代了语言的图像理论，他否定了语言有共同的本质，而是有不同的形式，语言的意义与语境相关，有社会特征，是生活形式的一部分。维特根斯坦把语言哲学进一步经验主义化了，彻底摆脱了结构主义式的语言观，把所有的先验假设都去掉了。既然语言没有共同的本质，那么用游戏来描述语言是最好不过的了，所谓理想的人工语言根本不存在。维特根斯坦根据语言游戏理论，考察了内在意识，提出了至关重要的私人语言的理论，对后现代的语言理论有重大的影响。

所谓内在意识相对于外在行动，对二者的感知分别称为内感知和外感知。近代西方哲学认为，外感知具有公共性，内感知只有私人性，别人不能知道。而且，内感知比外感知具有更高的确定性。因为，外感知有可能错，而我在“希望”的时候，我确切地知道我在希望，对它的任何怀疑都是没有意义的。[⑤] 这正是笛卡尔式唯我论的根基。

---

① 洪汉鼎：《理解的真理》，山东人民出版社 2001 年版，第 300 页。

② 同上书，第 302 页。

③ 同上书，第 305 页。

④ 维特根斯坦：《哲学研究》，李步楼译，商务印书馆 1996 年版。

⑤ 张首映：《西方二十世纪文论史》，北京大学出版社 1999 年版，第 169 页 。

维特根斯坦对此提出质疑，他考察“理解”这个词，首先，他发现，理解、希望、决定等心理活动，他们之间没有分别专有的心理状态和过程，其次，“理解”之类的词语主要不是描述心理的状态和过程，而是在相应的语言游戏中表示说话者把自己与某种行为或事件联系起来的一个讯号。[①] 这就否定了用图像论的思路来描述精神活动。

既然如此，表达内在意识便成了很大的问题。根据维氏的观点，脱离外在的公共可观察的对象或行为，不仅表达内在意识不可能，内在意识也不可能进行。这样，从笛卡尔到胡塞尔的内在先验的唯心主义便一朝崩塌。笛卡尔和胡塞尔都是向内追溯，把外在世界完全悬置起来，一直追溯到不能追溯的起点，再从此出发。但这样的话，一个人要思考，必须用私人语言，根据维特根斯坦的研究，这是不可能存在的。当然，不存在的意思，即逻辑上一致的私人语言的不可能。如果是混乱的私人语言，比方狗的叫声也叫私人语言的话，那也是可能的。笔者这样说，是因为涉及现代主义的语言观。这样，维特根斯坦直接把先验唯心主义的大本营给端了。从此先验唯心主义便没有了出发点，也就是说，先验唯心主义的阿基米德点被维特根斯坦清除了。

正如维特根斯坦所言：“我们是否也可能想象这样一种语言，一个人可以用这种语言写下或者说出他的内在经验——他的感情、情绪以及其它——以供他个人使用？——我们就不能用我们的日常的语言来这样做吗？——但是我的意思并不是这个。这种语言的单词所指的应该是只有说话的人知道的东西，是他的直接的私人的感觉。因此，另一个人是不可能懂得这种语言的。”[②] “为要通过语言进行沟通，那就不仅要有定义的一致而且还要有（尽管这听起来很

① 张首映：《西方二十世纪文论史》，北京大学出版社1999年版，第169页。

② 维特根斯坦：《哲学研究》I§243，李步楼译，商务印书馆1996年版，第133页。

奇怪）判断上的一致。”①

对于私人语言，并不是简单的独白的语言或私人自编的语言（比方自编的计算机语言之类）。这类语言，因为遵循一定的规则，还是可以理解的。就好比土匪的黑话，外人不理解，对小群体还是可以理解的。尽管可以把小群体看作“一个”人。所谓语言规则，它之所以成为规则，乃是语言要与外在的行为有关联，这样才有一个参照系而不致陷于混乱。外在的、公共可观察的对象和行为，缺一不可。这是语言可理解可成立的前提。

维特根斯坦说明了，如果自己发明一个感觉的记号，但——你根本不可能记得它。因为你没有任何理由证明你发明这个感觉的记号不是另一个感觉的记号。所有的记号都是混乱的，因为没有参照物。②

维特根斯坦精辟而形象地指出，自己与自己交谈犹如从左手借钱给右手，是毫无意义的。③这就说明，先验唯心主义是一种孤独的唯心主义，因为它的主体不仅不能和人说，也不能对自己说，因此它根本不可能存在。

维特根斯坦说：“让我们回忆一下，在一个人的行为中，有某种标准可判别他不懂得某个词，该词对他来说一无所指；也一无所用。还有一种标准可判断他‘自以为他懂’，给这个词附上某种意义，但不是正确的意义。最后，还有判别他正确地理解这个词的标准。第二种情况中，我们可以说是一种主观的理解。我们可以将其他任何人都不懂而我‘似乎懂’的声音称为一种‘私人语言’。”④

---

① 维特根斯坦：《哲学研究》I §242，李步楼译，商务印书馆1996年版，第132页。

② 维特根斯坦：《哲学研究》I §258，李步楼译，商务印书馆1996年版，第138页。

③ 维特根斯坦：《哲学研究》I §268，李步楼译，商务印书馆1996年版，第141页。

④ 维特根斯坦：《哲学研究》I §269，李步楼译，商务印书馆1996年版，第141—142页。

现代主义诗歌就是一种私人语言。

为什么说现代主义诗歌是私人语言呢？从表面上看，它有参照系，有外在的对象或行为作参照系。问题出在公共可观察的这一条上。它不是公共可观察的。由于现代主义强调神秘体验，然后又用私人象征。而私人象征，从修辞上属于隐喻（中国修辞学教科书叫借喻，只有喻体，没有本体），那么这个本体是什么，是无法判别，它没有公共可观察性。

是不是某些批评家说懂就行了呢？或者说少数几个人声称懂就行了呢？更极端，作者自己懂就行吗？不行。维特根斯坦说，自己不可能给自己当裁判，懂与不懂是一个根本性的问题，没有规则的游戏不能区别于任何其他的游戏。规则涉及公共领域，语言必须有规则，因此语言要以公共性为前提。“‘遵守规则’也是一种实践。而认为自己在遵守规则并不就是遵守规则。因而，人们不可能‘私人地’遵守规则：否则，认为自己在遵守规则就会同遵守规则是一回事了。”①

以维特根斯坦在早期的一段名言作结：“唯我论者所指的东西是完全正确的，不过它不能说，而只能表明出来。世界是我的世界，语言（我所唯一理解的语言）的界限意味着我的世界的界限。”②

这样，维特根斯坦彻底击垮了神秘主义的语言观。

福柯和德里达都看到了古典主义的语言工具论中语言的从属地位。在语言工具论中，语言是表象的工具，确立的是观念的联系。③语言工具论意味着对语言的忽视，因为20世纪以前的西方哲学关心的是意识主题，因此主客体之间的中介就不重要，又因为传统哲

---

① 维特根斯坦：《哲学研究》I§202，李步楼译，商务印书馆1996年版，第121—122页。

② 维特根斯坦：《逻辑哲学论》5.62，贺绍甲译，商务印书馆1996年版，第79页。

③ 扬大春：《语言 身体 他者——当代法国哲学的三大主题》，三联书店2007年版，第44—45页。

学不关心主体间性，他者没有进入，非我是自我设定的，因此对话也无必要，语言就更不重要了，对语言的重视，甚至成为哲学，并产生语言学转向，是20世纪以后的事。

因此，以索绪尔为代表，这个时期语言理论都是唯理论的语言论。唯理论的语言学研究，就是语法规则的研究，这种研究关注共时的、静态的研究，强调能指与所指的二分，认同任意性和表象性原则的语言观。到十九世纪后期，英美人工语言哲学更加关注语言的形式，一直到存在主义才开始抛弃表象论，而认定语言的自主性和自足性。存在主义以后，语言论则走向独立论和神秘论。

语言的自主与自足体现在，语言不是一种静态的工具，它本身与人的生活方式联系一起，语言是存在的家，语言就是人的生存方式。关于这一点，解释学进行了继承与发展，伽达默尔说，语言是我们在世存在的基本活动模式。① 柏拉图建立了逻各斯中心主义，逻各斯就是说话的意思，不过伽达默尔仍然把古希腊的语言说成工具主义，海德格尔否认语言工具论，认为语言是生存之道，是存在之家，语言一旦被写出或说出，就是一种存在，存在就有其自身的逻辑，就自足起来，具有某种自律。② 海德格尔认为语言是"天言"，人不是说语言，而是被语言说。在维特根斯坦看来，这显然是荒谬的。

维特根斯坦反对一切神秘主义的语言观。"维特根斯坦坚定地主张，人们对词的用法，对于什么用法符合语言规则这些问题持一致的看法，这一点对语言的存在具有十分重要的意义，它是语言赖以存在的必要条件。""如果人们对语句的用法各不相同，如果人们对词的意义或语句的意义缺乏一致的认识，人们便不可能进行思想交流。"③ 维特根斯坦说："如果对我们叫做'红的'等等东西没

---

① 伽达默尔：《哲学阐释学》，上海译文出版社1994年版，第3页。
② 高宣扬：《后现代论》，中国人民大学出版社2005年版，第307页。
③ 涂纪亮：《维特根斯坦后期哲学思想研究》，江苏人民出版社2005年版，第83页。

有一致的看法，语言就会停止。"①

不管是维特根斯坦还是"后维特根斯坦"的后现代，都必然拒绝隐喻。对维特根斯坦而言，不经约定的隐喻根本没有机会在世上生存。对后现代而言，语言只是游戏，意义本不存在，就更不需要隐喻了。隐喻的目的本来就是隐喻后面的意义。

法尔克（colin Falck）对维特根斯坦的"私人语言论"很感兴趣，他说，维特根斯坦认为"私人语言"不可能存在，因为"这样的语言没有公认的使用规则。"他承认，这个论点让人不得不重新考虑私人和公共的含义。但，紧接着，他感到危险，于是抨击维特根斯坦说："但在某个领域，这种理论就有局限性。在此领域，强调用途就有引起误解的危险。这个领域就是我们说的想象文学（这里重要的是想象而非文学）。首先是诗歌。诗歌里有一种很明显的共识，即词并不是按照约定的规则使用。""所有的语言运用都以固定的意义为基础，但是运用语言也会遇到只可意会不可言传的时候，但我们还是把这种情况归为可以表达的范畴。当我们看着一首好诗或一个恰到好处的比喻；当我们在这些场合可能出现的感受发生变化，而是这种意识变化告诉我们已经有了一个发现，即人类的精神已经向未来踏了一步，这个时候我们就要能够理解这到底是怎么回事。比喻是有组织而非随意的建立在我们已有的语言基础上。"他认为维特根斯坦的理论无法解释语言的发展，"在维特根斯坦的哲学里，人类的想象很容易被看成了偶然的或暂时的，而非人类的基本特性"。法尔克还批评维特根斯坦的语言游戏论，认为诗人无法接受这一点："当语用通过比喻或和它特有的象征过程相互转化时，我们就有理由问这到底是怎么回事。"总之，法尔克的抨击建立在比喻和象征的基础之上，表明了维特根斯坦与现代主义相反的事实，维特根斯坦击中了现代主义的要害。而法尔克的辩护是苍白无力的。他说，维特根斯坦的"语言观，以及约翰·凯西对

① 维特根斯坦：《哲学研究》I§70，李步楼译，商务印书馆1996年版。

此理论的应用致使我们把诗歌看成一种逻辑的东西（虽然是一种非常规的逻辑，这也是维特根斯坦本人对语法的称呼），还有把解释活动看作对逻辑模式的解释。”[①] 但问题是，一方面，现代主义文学的比喻完全不是有组织，而是随意的，成为私人象征，私人体验，已经完全失去交流的可能。另一方面，维特根斯坦并没有把文学当成逻辑而是文学要有逻辑的基础，有逻辑的基础并不反对词语的发展，不合逻辑恰恰词语无法发展。而且历史证明，语言的发展是渐进的，它的某些发展也是整个社会约定俗成的，是个人无法控制的行为。可以说，在语言的发展面前，个人是无能为力的。任何人都只能而且必须遵守规则即语法，否则就无法交流。维特根斯坦理论适用于一切语言领域。

（二）晦涩：没有解的难题

阐释学本来就是一门阐释《圣经》的学问，而《圣经》里正是充满了象征与隐喻。把一门阐释《圣经》，阐释象征的学问，提升为一个世界普适的学问，有他的道理，比方对象征主义的文学的解释就很有效。但是，它到底能够不能够作为终极规律，很有疑问。虽然阐释学从哲学上给隐喻以至高无上的地位，但是阐释学依然碰到一个技术上的难题。那就是隐喻的目的本是为了沟通，但隐喻的个人性却拒绝了沟通，而且隐喻的本性使得相对主义成为必然，那么晦涩的问题如何解决？

解释学解决的方案就是视域融合，读者的前见是理解的前提，通过前理解和文本的对话，理解得以进行并完成。当然这只是暂时的完成，因为理解是无止境的，这又事实上取消了哪怕暂时的理解。桑克问，读者应该把一种什么样的前理解带进文本阅读？这导致一个“解释学问题”的出现：是什么使对话者之间共享的交流和

① 法尔克：《维特根斯坦与诗歌》，见张志林、程志敏选编《多维世界中的维特根斯坦》，华东师范大学出版社2005年版。

理解得以进行。①

分析哲学与解释学是两个对立的学派。② 维特根斯坦的解答和理解与解释学不一样，那就是遵守规则。“正如维特根斯坦如此深刻地认识到那样，他们（即阐释学——本文作者按）的种种努力结果是毫无意义的，因为这些问题陷于混乱。这两个学派看上去可能是截然对立的，但却有一个方法召唤我们试图从这些问题的混乱中清理出一条道路：在由语法混乱所造成的逻辑混乱中澄清‘解释学问题’的起源。”③ 其实我觉得可能桑克忽略了解释学所属的唯我论的哲学特性，唯我论以先验自我为哲学根基，它是不考虑主体间的交流的。对先验唯心主义而言，这个问题并不存在。实际上，先验唯心主义的主体就像一个俗称的“大我”，包容一切。伽达默尔说：“所有这种理解最终都是自我理解，在任何情况下都是：谁理解，谁就知道按照它自身的可能性去筹划自身。”④

阐释学的理解和对话是主客体之间的理解和对话，不涉及主体间性。“诠释学的任务就是以它的主体方式去理解文本，因为文本是某种关涉我们的东西。我们并不中立于文本，完全相反，我们也被关涉。”⑤ 阐释学的任务是理解文本，文本是中介，按理说涉及对话者之间的交流。但是，阐释学来自现象学，它是以它的主体方式去理解文本，就好比意向性总是关涉对象一样。阐释者和文本形成一个主客体关系。这样，当文本遵守语法规则的时候，我们不会碰到理解的问题。一旦文本不遵守语法规则，比方大量使用私人象征，理解就变得不可能。这时阐释学祭出“视域融合”、“阐释学

---

① 桑克：《维特根斯坦对“解释学问题”的消解》，见张志林、程志敏选编《多维世界中的维特根斯坦》，华东师范大学出版社 2005 年版，第 132 页。

② 更准确的说法应该是分析哲学和现象学是对立的两派。桑克：《维特根斯坦对“解释学问题”的消解》，见张志林、程志敏选编《多维世界中的维特根斯坦》，华东师范大学出版社 2005 年版，第 132 页。

③ 桑克：《维特根斯坦对“解释学问题”的消解》，见张志林、程志敏选编《多维世界中的维特根斯坦》，华东师范大学出版社 2005 年版，第 146 页。

④ 伽达默尔：《真理与方法》，洪汉鼎译，上海译文出版社 1999 年版，第 356 页。

⑤ 洪汉鼎：《理解的真理》，山东人民出版社 2001 年版，第 196 页。

循环”的法宝，可惜，只能治标，不能治本。

不考虑主体间的交流是先验唯心主义的根本缺陷，也是以先验唯心主义为哲学基础的现代主义的根本缺陷。一句话，它不可理解。这个问题对伽达默尔而言，是无法解决的。从胡塞尔到海德格尔到伽达默尔，是一脉相承的。胡塞尔的现象学还原，还原到最后，还是有个现象学剩余，那就是先验自我。先验自我的存在的目的是为了解决主客体的沟通，主体之间是不需要沟通的。尽管胡塞尔后来又提出主体间性，但那恐怕只是个点缀。海德格尔反对胡塞尔的先验自我，但前面所说，海德格尔的前结构、预设，难道不是主体性的体现吗？而且是先验的。伽达默尔将海德格尔的“前结构”称之为“视野”。阐释就是“视野的融合”。这说明阐释学作为现象学的发展，并没有改变阐释学的根本特征：它没有也不可能注意主体间性的问题。阐释学本来的目的依然是主客体之间的沟通，而不是主体之间的沟通。这是阐释学的根本缺陷。这是为什么说维特根斯坦的私人语言不可能的理论是对一切以先验自我为基础的唯心主义的致命一击的原因。自维特根斯坦以后，主体间性才真正成为一个必须认真面对的问题，这也是为什么哈贝马斯的沟通理性（交往理性）风靡全球的原因。

“伽达默尔欣赏现代主义文学，理论上为之辩护。卢卡契等人反对现代主义文学脱离现实生活，他则用‘游戏’来说明它本身与读者或观众和消费者有同一性，是一起生成转换和共同完成的，法兰克福学派的马克思主义者如哈贝马斯提出现代艺术应当加强对社会和意识形态的批判，他则认为这种批判主义本身富于象征及其艺术品之中，当巴特认为意义来自批评家的语境不能用历史挤压文学，他用节庆这种特定时间及其特征再度予以回答。”① 伽达默尔说：“谁要是认为现代艺术已经堕落了，那他大概没有真正理解过去时代的伟大艺术。应该学会的是，首先人们得学会拼读每一种艺

① 张首映：《西方二十世纪文论史》，北京大学出版社1999年版，第262页。

术作品，然后得学会去读懂它，最后再去做判断。”[①]

但是我们看到，碰到读不懂的问题，伽达默尔也束手无策。他也只好搬出最原始的俄国形式主义为晦涩辩护。“今天，也会有这样的经验，即诗文不再‘抵达’，因为我们时代的语言习惯要求其他的刺激手段。现在正需要用心尊重我们时代的诗风。正如俄罗斯形式主义所认识到的那样，就如通过对照而有刺激的增长，同样存在刺激疲劳的规律。显然，大众媒体闯入我们的文明而产生新的大众修辞，这就在决定性的程度上使得文学语言，尤其是诗的语言得退缩到晦涩中去，晦涩的语言是我们时代的特征……这样，晦涩诗的涵义遮蔽可能产生故意‘为难’的作用。然而，涵义遮蔽同时是一种牢固性，拒绝在电台播音员的柔软冲击中溶化。”[②] 恰恰在这里，俄国形式主义露出了最大的破绽。

俄国形式主义早于接受理论，它最重要的范畴是“陌生化”。什克洛夫斯基认为所谓陌生化就是通过语言变形和移位、结构的延宕等手段，重新构造对对象的感觉，从而扩大认知的难度和广度，不断给读者以新鲜感的创作方式。审美感觉的过程越长，文学作品的艺术感染力就越强，陌生化手段的实质就是要设法增加对艺术形式感受的难度，拉长审美欣赏的时间。

形式主义文论价值显然被高估了。所谓陌生化原理，似是而非。从创新的角度，它似乎是对的，但把创新绝对化也有问题。创新是文学的一个必要条件，但不是充分条件。通过制造理解障碍从而延长阅读能增加阅读快感吗？通过制造间接性来增加陌生感，能恢复读者对语言的质感吗？这显然是错误的。这实际上是一种可笑的谜语思维，把文学与诗歌当成谜语。谜语有最大的理解障碍，但并不能带来任何美感。如果我们反驳说文学作品和谜语不一样，那

---

① 伽达默尔：《美的现实性及其它》，转引自张首映《西方二十世纪文论史》，北京大学出版社 1999 年版，第 262 页。

② 伽达默尔：《美学与诗学：诠释学的实施》，北京大学出版社 2013 年版，第 431 页。

么我们也要说，增加理解障碍，扩大认知的难度和广度，人为拉长审美欣赏的时间，只会降低文学作品的艺术感染力。王国维说得好：

> 问"隔"与"不隔"之别，曰：陶谢之诗不隔，延年则稍隔矣。东坡之诗不隔，山谷则稍隔矣。"池塘生春草"，"空梁落燕泥"等二句，妙处唯在不隔。词亦如是。即以一人一词论，如欧阳公《少年游》咏春草上半阕云："阑干十二独凭春，晴碧远连云。千里万里，二月三月，行色苦愁人。"语语都在目前，便是不隔。至云"谢家池上，江淹浦畔"，则隔矣。
>
> "生年不满百，常怀千岁忧。昼短苦夜长，何不秉烛游?""服食求神仙，多为药所误。不如饮美酒，被服纨与素。"写情如此，方为不隔。"采菊东篱下，悠 然见南山。山气日夕佳，飞鸟相与还。""天似穹庐，笼盖四野。天苍苍，野茫茫，风吹草低见牛羊。"写景如此，方为不隔。（王国维《人间词话》）

钱钟书对此的理解很准确："按照'不隔'说讲，假使作者的艺术能使读 者对于这许多情感、境界或事物得到一个清晰的，正确的，不含糊的印象，像水中印月，不同雾里看花，那末，这个作者的艺术已能满足'不隔'的条件：王氏所谓'语语都在目前，便是不隔'，所以，王氏反对用空泛的词藻，因为空泛的词藻是用来障隔和遮掩的。"① 而伽达默尔所说的涵义的遮蔽则显然是隔的。

从陌生化的"延迟"理论看来，俄国形式主义实际上推崇的是"隔"，认为"隔"更陌生，更新鲜，尤其是故意增加阅读障碍则更有审美意味，这显然和审美实际是背道而驰的。而中国诗推崇的恰恰是直抵人心，单刀直入，事实上这才是真正的诗歌欣赏。有意

---

① 钱钟书：《论不隔》，见《钱钟书作品集》，敦煌文艺出版社 1997 年版，第 677 页。王国维的观点主要应该来自对古诗的阅读感受。但罗纲认为，王国维的"隔"与"不隔"来自叔本华的"直观"说。见罗纲《本与末》，《文史哲》2009 年第 1 期。

思的是，王国维的“不隔”，所举例句都语言通俗，审美境界直抵人心，无须外力。而“隔”的举例，都语言艰涩，而且理解其中的审美趣味需要多方揣摩，正好符合陌生化的理论。然而，这一类诗，恰恰只能落下一等。

苍耳认为，形式主义的陌生化理论存在重大缺陷，因为它忽略了文学同时需要亲近化，[①] 体现了中国学者难得的学术勇气和理论原创力。其实形式主义问题多了去了。一个陌生化能成为文学的本体论？实在荒谬绝伦。这都是不懂文学的理论家发出的谬论。文学之所以成为文学的要素不仅仅是陌生化不能概括，再加上亲近化也不够。古人说，诗话出而诗亡，信乎！文学理论出而文学亡，文学的微妙之处，现在还远远不是到总结的时候。

到此为止，我们已经把现代主义的来龙去脉全部清理了一遍。现在我们知道了，以私人象征为核心手法的现代主义之所以在西方发生发展，那是因为西方独特的文化背景所致。象征是西方人沟通理念与现实、神与人、神秘世界与现实世界的手段，原是不在乎人与人之间的交流的。当然，完全不在乎也不可能。这又实际上体现了西方诗歌面对言与意的矛盾求新求变的企图。只是可惜，现代主义犯了一个根本性的错误，它忘了作品必须人懂。在西方形而上学崩溃之后，人们再也无法容忍这些鬼话连篇的作品，现代主义的衰落也就是必然的了。

余论　让新诗合乎语法

让新诗合乎语法——现代汉语语法，这么简单的事，怎么那么难。我们都知道，写诗者不是神，他没有权力改变语法，没有权力破坏句子的语法结构，他不可能改变人类有史以来的交流方式，而自创一套话语方式。维特根斯坦早已指出，私人语言不可能存在。

---

① 苍耳：《陌生化理论新探》，中国戏剧出版社 2011 年版。

什么叫私人语言？只有他一个人懂，别人谁也不懂。打破语法规则的唯一后果，就是私人语言的泛滥。

私人语言的泛滥的后果就是人类重新退回“前语言”社会。那么，“前语言”社会是什么样子的呢？看一看现在的新诗就知道了。那时候人类没有语言，也不会说话，跟禽兽差不多。现在的新诗语言，连土匪的黑话都不如，毕竟土匪的黑话还有一套规则，有一套词语的替换方式，经过艰苦的训练和长期的熏陶还有可能学会并运用，而新诗语言则完全混乱无章，随心所欲，它已经成了彻头彻尾的疯话、梦话。其实病句诗的作者们，心中窃窃自喜，宣称写病句是自己的看家本领，别人看不懂，那是别人无能。他们怀着侥幸心理，以为或许有一天后人会拿着考古工具来挖掘他们的墓地，然后把他们供入博物馆，供人参观瞻仰。到那时，全世界的人都能看懂病句，都以写病句为荣，最好人们交流都用病句。那现在这些“诗人”就成了病句之王了。多么荒唐、多么不切实际的投机心理！还有那种浑水摸鱼的心态。其实他们自己也知道自己的浅薄与无知，也知道自己胆大心细，知道什么姿态会赢得最大声的喝彩。“万夏感叹，生于1962年，早两年出世，就会挨饿；经历了‘文革’，却没有深受其害；哥哥姐姐下乡，没有赶上那一拨；上了大学，还是大学生走俏的时候；诗人吃香的年代，写诗成名；邓小平南巡之后，开始做生意……”最后，“我们是幸运的一代！”[①] 万夏的这种心态和经历在先锋诗人中很有普遍性，可以说，先锋诗歌运动基本上是一个时代的误会。先锋诗歌的作者们在“文化大革命”中完成中小学教育，说没有受害，不过是自我欺骗。写不出一个正常的合乎语法的句子，这就是“文化大革命”带给他们的最大的损害。同时，20世纪80年代国门刚刚打开，对西方充满了难以言表的崇拜和神秘感，而谁也不懂的病句诗正与神秘感相吻合；当病句诗还有西方非理性的理论支撑的时候，它巩固了自己的地位，又恰

---

① 刘晋锋：《万夏：一位文化商人的轻狂岁月》，《新京报》2006年3月7日。

如其分地加强了对西方的崇拜。这也是病句诗迅速蹿红，成为诗坛主流并地位牢不可破的原因。如果说，80 年代的诗歌运动打开了诗歌的局面，贡献了一些好诗，产生了一些好诗人的话，那么，90 年代以来的新诗则是弃掉了 80 年代的精华，而发扬光大了 80 年代的糟粕。这里笔者要让欧阳江河、王家新、肖开愚们失望了：将来唯一可能被载入史册的原因就是因为你们具有病理学的意义。

现代主义诗歌遗患无穷。最可怕的就在于它对青年人的毒害，使青年人误以为病句就是诗，写诗就是写病句。当今在世界范围内现代主义早已全面衰落。曾经如日中天的现代派文学在不经意中，被后现代冲击得七零八落。21 世纪，中国现代主义也已露出衰亡的迹象。笔者期待，新世纪是现代主义诗歌彻底终结的时代。现代主义诗歌是名副其实的“恶之花”。它越早一天死亡，新诗就越安全。它越早一天消失，新诗就早一天获救、重生。这不是诅咒，是殷切的希望。

附 1

一个病句诗的个案：骗了、哑了和皇帝的新装

诗人肖开愚二十年前就进入了中年，现在还是中年，估计二十年后还是中年。因此他和欧阳江河提出“中年写作”。庆祝伟大的汉语又多了一个词语，这个词比较好懂，不像欧阳江河和肖开愚的诗那么难懂。

肖开愚的诗真是越来越难懂了。印象中，他中年以前的诗还比较好懂一点。比方现在有一首《嘀咕》，捏着鼻子看了半天也没看明白：

> 他观察月亮直到双目失明。/他告诉她他想哭，痛哭。/她搀扶着他走下图书馆的台阶，/“但是，”她说，“那违背了初衷。”

她肩头一震，但并不懂得话语中的热情。/她请求他把疲惫的头颅/垂在她的胸口休息几分钟，/她说：“好吗?”并落下眼泪。

月亮词语诗人虚幻的名声，/它蓝色的光剑刺杀了生活，/他说：“我是一个旧式天文学家，/但毕竟不是一个诗人。”

她告诉他在遥远的远方，星空中/而她搀扶着他的影子/她对他耳语，“我只爱你的尸体!”/她真想告诉他她只爱他的影子。

他自言自语讨论声名与利益/走到大街上，穿过斑马线，/车轮滚滚载着人群飞驰而过，/他对她说：“快一点！快一点!”

后来想，“他”是个天文学家，不是诗人，所以“她”只爱他的影子或尸体。至于为什么是影子或尸体，这里有比喻。比喻什么呢？影子在遥远的远方，这里远方又是一个比喻，比喻过去的时代。这有点像做数学题，你得先把一个引理证明了，才能证明你要证的定理。还有：“‘但是，’她说，‘那违背了初衷。’”看上去纯粹是自作聪明的呓语。“月亮词语诗人虚幻的名声，/它蓝色的光剑刺杀了生活”，这两个病句又是什么意思呢？我连猜带蒙，给翻译成现代汉语：月亮这个词语在古代和诗歌联系在一起，但现在它已经成了天文学家的科学词汇，这个科学词汇使诗人的名声变得可笑、虚幻，而且这个科学词汇代表了这个时代的科学主义性质，这种科学主义使生活变得索然无味，因此说“它蓝色的光剑刺杀了生活”。这里至少用了十个比喻，鉴于肖开愚不喜欢科学主义，我这里也是一个大概的估算，就不一个一个地数了。正因为比喻太多，又是隐喻（更确切地讲叫借喻，因为既没有本体，也没有比喻词），我也不知道我的翻译对不对。我的翻译对不对，该问肖开愚本人（如果他还没有忘记的话）。幸亏有阐释学在，阐释学说了，作者可以胡言，读者也可以再创造，怎么解释都可以。

在《影子》中，肖开愚用了一个影子的象征意象。这是象征主义的惯用伎俩。影子是什么？这是一个谜语，不说，你去猜。我猜是一个非真实的我。表面的、外在的、装模作样的我。是不是呢？鉴于这样太简单无趣，笔者建议你猜一个复杂的。原诗如下：“我踩着影子。/不是我刚才他们反驳的/是我的影子但不是我。/我的影子把街巷串起来/一排排街树印刷着/我落在后面影子/已在我家里。/我想吃它。/在灯光下它那么小那么灵活。/在厕所门口（他已替我进过）/在厨房门口（他已替我进过）/在书籍门口（他已替我读过）/在日记簿上（他已替我写过）/……它是黑乎乎的全世界。/在床上是个黑宇宙/（他已替我睡了）。/我想吃我/灯（什么样的灯！）一关/就吃。”顺便说一句，里边好多病句。

《一年中的最后一天》，“我开始退着走路，/并听见一辆卡车驶近屁股。”又在搞比喻。唉，真的很无聊……肖开愚还有一些莫名其妙的诗，比方《安静，安静》，写一些个人的隐秘生活，差不多每一个词都是一个比喻，病句连篇，不知所云，烦不胜烦。

肖开愚还有一本书——诗集，不，是一首诗，题目叫《向杜甫致敬》，更是错乱无比。而且，向杜甫致一下敬，也没能摘掉肖开愚在文化上贫穷落后的帽了。

不懂意味着什么？王家新聪明地说：“令人费解的诗总比易读的诗强/比如说杜甫晚期的诗，比如说策兰的一些诗/它们的‘令人费解’正是它们的思想深度所在/艺术难度和精髓所在/它们是诗中的诗，石头中的石头/它们是一扇朝向永恒的窗户/也是火焰中难以融化的冰/这样的诗就需要慢慢读/反复读/最好是在洗衣机的嗡嗡声中读/因为在这样的诗中，甚至在它的某一行中/你会走过你的一生。”“人生是令人费解的/世界也经常超出我们的理解之外/诗有点令人费解/请不要生气/作为一个诗人/我会尽量把诗写得像菜谱一样简单/可是菜谱/有时人们看来看去/也看不懂”。（《令人费解的诗总比易读的诗强》）

现代派诗人写诗就是存心让人看不懂，他们强调“个人性”和“间接性”，并提出“个人写作”的口号。为了达到“个人性”和

"间接性"的效果，现代派诗人故弄玄虚。至于现代派诗人故弄玄虚的方法则很简单，他们主要用一种叫"借喻"的修辞手法，就是比喻的本体和比喻词都不出现，只出现喻体，由读者去猜。举例来说，我们说他"只见树木，不见森林"，就是一个借喻。这个借喻很好懂，因为这本身已经是一个成语。但是随便换一个试试，便是上帝也不知你在说什么。我曾经叫我的学生做借喻的练习，有一个学生交上来一句："母亲穿上了绿色的衣服"，我说这不是比喻啊，学生说，母亲比喻大地，绿色的衣服比喻春天到了，大地披上了绿色的衣服。我说你可以去写现代诗了。当然，这是开玩笑，因为这样写的话还是能看懂的。必须绝对不懂，才是真正的现代诗。怎么做呢？把借喻做得更"个人性"，比方艾略特的"荒原"。你知道"荒原"是什么意思吗？反正我不懂。

其实，诗的意义不在间接性，也不在包涵性。读不懂的诗就是不好的诗，没有商量的余地。因为它丧失了诗歌的基本要素，丧失了作为语言艺术之所以存在的根本理由，那就是它丧失了沟通与交流的基本作用。没有了交流与沟通，诗歌就丧失了存在的理由。而充满"个人性"的借喻，是不可能达到交流沟通的目的的。因此读不懂的诗甚至不能叫诗。

拿病句诗来蒙人，也不是一天两天了。蒙人谁不会？这是诗人们抓住了读者的心理。西方人也写病句，这是病句诗的最强的理据。人类诗歌曾有那么辉煌的历史，又成了诗人们胡言乱语的资本。可怜的读者，根本读不懂这些莫名其妙的疯话，可又不敢说。这里，我想起一个发生在历史上的真实故事：皇帝的新装的故事。这个故事是多么的真实，它就发生在现时、现地。

当今新诗的当务之急，再说一遍，是把一个句子写通，合乎语法，用正常的现代汉语来写作，然后才能谈得上语言的锤炼，真正的诗的表达。理解是容易的，而发现是难的。任何伟大的发现，表达出来都是可以理解的，对于这一点，古今中外，概莫能外。病句诗相反，没有任何发现，却故意把理解变成不可能，而且公然宣布就是要让人不能理解，难道不可理解本身也有什么奥秘吗？它真的如其所宣称的那样，能通过制造理解障碍从而延长阅读并增加阅读快感吗？世界上有这么无耻而自欺欺人的理论吗？

唯一看上去有点道理的说法是要通过制造间接性来增加陌生感，以恢复读者对语言的质感。先不说这是一种可笑的谜语思维，把诗歌当成谜语。就算是一种严肃的思考吧，关于这一点，我在很多文章里都说过，这其实是一个语言与表达的问题，即“言”与“意”的问题，象征主义试图用象征来解决这个问题，它已经可悲地失败了，这个失败从波德莱尔开始，一直到奥登结束（以后的就算苟延残喘吧）。

病句诗不光是欺骗别人，更重要的是欺骗自己。我们都以为写口语容易，因为我们每天说的话就是口语，所以我们以为看不懂的诗写起来也难。其实，写别人看不懂的诗最容易。亲爱的读者，要不你试试？我敢担保，这个世界上最容易写的就是病句诗。正因为病句诗太容易写了，所以欧阳江河、王家新、肖开愚们才觉得写诗太容易了。太容易了，就放松对自己的要求。所以肖开愚们写诗这么多年，语言一点都没长进，还是那么幼稚、生硬。就是自我欺骗的结果。这一辈子干什么不好，偏要耗在病句上，令人叹息。而口语诗其实是最难写的，这一点我赞成于坚。

那么，批评家呢？他们干什么去了？

新诗批评界的学者都被“诗人”们吓破了苦胆。学者们大都出身贫寒，本来就胆小，再寒窗几十年，好不容易得了点名利，那可是“宝贝中的宝贝”（模仿王家新“石头中的石头”），谁敢轻易说话？都闻风而动，一个比一个义正词严。明明读不懂诗人的梦话，也不懂装懂，把诗人遗留的垃圾细细分类，考证其中的曲折来源，阐释其中的微言大义，发挥其中的深刻哲理，表达自己的多层次的联想和丰富的一连串的愉悦感。其实读病句诗非常辛苦，很累，是个体力活。不过这倒也充分说明了知识分子已经是工人阶级的一部分。

新诗界对聂鲁达这样的不入流的诗人也奉若至宝。总之一句话，只要是看不懂的，就是好诗。其实，就是王家新们奉若神明的荷尔德林、里尔克、艾略特、奥登之流的大作，又怎么能与中国诗相比？更何况模仿它们的“垃圾中的垃圾”？有兴趣的话，可以去看我的专著《论新诗的出路》，上面都说得很清楚。简单地说，西方诗在理性主义和神秘主义之间纠缠和摇摆，从来没有解决过语言和表达的问题，以至于到19、20世纪铤而走险，玩起了象征主义的把戏，实际上是一种自杀行为。而中国诗的“兴”则架起了语言和表达之间的桥梁，最大限度地解决了语言与表达的矛盾。

学术界又是一个专制体制。学术界自从20世纪90年代以来接管了“文化大革命”遗留下来的行政权力，便成了一个专制堡垒。有一句传诵的名言：“专制制度下只有两种人，一种是哑子，一种是骗子。”当今的新诗界就是这样的一个专制王国：诗人与学者勾结在一起，招摇撞骗，然后是广大的读者和诗歌爱好者噤若寒蝉，遭受欺骗愚弄。

中国有这样伟大的诗歌传统，现在却被肖开愚这样的诗歌小丑所愚弄。这样的诗歌小丑的名单还可以几乎无限地开下去：欧阳江河、王家新、肖开愚、孙文波……还有一大批后备力量。他们成了新诗的主流，如蝗虫般铺天盖地。在报纸杂志上，在各个诗歌场合，到处是他们如同病菌似的作品。他们互相聆听那些毫无意义的音节组合，击节称赏，发出空洞的笑声。这些现象，在未来的岁月，会长久地引起学术界的研究兴趣，成为中国诗歌的一个可怕回忆。

附2

远方：一个新诗意象的解剖

邵燕祥的《到远方去》写于什么时代呢？——20世纪50年代。

收拾停当我的行装，/马上要登程去远方。/心爱的同志送我/

告别天安门广场。// 在我将去的铁路线上，/ 还没有铁路的影子。/ 在我将去的矿井，/ 还只是一片荒凉。// 但是没有的都将会有，/ 美好的希望都不会落空。/在遥远的荒山僻壤，/ 将要涌起建设的喧声。// 那声音将要传到北京，/跟这里的声音呼应。/广场上英雄碑正在兴建啊，/琢打石块，像清脆的鸟鸣。// 心爱的同志，你想起了什么？/哦，你想起了刘胡兰。/如果刘胡兰活到今天，/ 她跟你正是同年。//你要唱她没唱完的歌，/ 你要走她没走完的路程。/我爱的正是你的雄心，/虽然我也爱你的童心。// 让人们把我们叫做 /母亲的最好的儿女，/在英雄辈出的祖国，/我们是年轻的接力人。//我们惯于踏上征途，/就像骑兵跨上征鞍，/青年团员走在长征的路上，/几千里路程算得甚么遥远。// 我将在河西走廊送走除夕，/我将在戈壁荒滩迎来新年，/不管甚么时候，只要想起你，/就更要把艰巨的任务担在双肩。// 记住，我们要坚守誓言：/谁也不许落后于时间！/那时我们在北京重逢，/或者在远方的工地再见！（1952 年 11 月 23 日）

现在看来，与田间等人的诗相比，或者与别的文学作品相比，同类作品中还是邵燕祥这首诗写得最好，最能充分地反映出那个时代的精神。如果说 20 世纪 50 年代有时代的形象的话，“远方”这个形象当之无愧地应该是其中之一。

在邵燕祥的诗作里，类似的作品还有一些，比方《走敦煌》：“春节上哪儿去过？/ 到敦煌安个新家；/ 祁连山上白雪，/ 四千里路风沙。”“祁连山上的雪水，/ 引来也好灌棉花；/ 四千里路不远，/ 明天就装车出发。”这首诗使我想起那句闻名遐迩的歌词：“打起背包就出发。”背起行囊，去到远方，多么符合青春的期望。远方既是距离的，也是时间的。远方既有美妙的风景，奇异的旅程，也有一切人生的未来。它是如此地符合那个时代，它与那个时代丝丝入扣，它是专门为那个时代配备的，为那个青春的理想的时代。

在中国历史上，对远方感兴趣的，只有盛唐可以与 20 世纪 50 年代的中国相比。这一点也不奇怪，因为那也是一个青春的时代。

林庚先生对盛唐有一个经典的概括：“盛唐气象”。林先生又用“少年精神”与“盛唐气象”相对应来概括盛唐诗歌。唐诗中尤其是盛唐诗中有那么多写少年、写春天的诗句。“新丰美酒斗十千，咸阳游侠多少年。相逢意气为君饮，系马高楼垂柳边。”（王维《少年行》）“白日放歌须纵酒，青春作伴好还乡！”（杜甫《闻官军收河南河北》）…… 也正因为如此，唐诗中尤其是盛唐诗中才有那么多写远方的诗句，这就是久负盛名的盛唐边塞诗。

可是和唐诗相比，我们发现，邵燕祥先生的《到远方去》在艺术上应该说是有相当大的差距的。这种差距是全方位的：从语言、韵律、思想、境界，到艺术感染力、形象的鲜明、感觉的微妙、气象的开阖、含意的深远，《到远方去》与之都相去甚远。这是什么原因呢？让我们看几首最有名的边塞诗：

> 黄河远上白云间，一片孤城万仞山。羌笛何须怨杨柳，春风不度玉门关。（王之涣《凉州词》）
>
> 秦时明月汉时关，万里长征人未还。但使卢城飞将在，不教胡马渡阴山。（王昌龄《出塞》）
>
> 葡萄美酒夜光杯，欲饮琵琶马上催。醉卧沙场君莫笑，古来征战几人回？（王翰《凉州词》）

还有著名的“大漠孤烟直，长河落日圆”，等等。与这些诗相比，邵燕祥先生的诗显得太单薄了。对于这一点，我以为关键的问题，就在于“远方”这个意象没有真正立起来。而唐诗里，无论是关、笛、杨柳、月，还是黄河、落日，其意象都非常鲜明，从而给人以常读常新之感。

这就涉及形象与意象的区别。

关于赋、比、兴，关于兴与意象，这里不再重复。总的说来，中国的古人发现，直接地开门见山地、穷行毕相地、不留余地地描写一个对象，就会落入言不尽意的窠臼。最终我们就会发现，一切语言一切描写都是词不达意的。这实际上就是“赋”这种描写方式的局限性。“比”这种方式，是人类的又一种基本的描写方式，现在风行世界的象征主义也是比的一种，但这种描写方式仍然有重大的缺陷，那就是“比”的喻体对本体有严重的依赖性，脱离本体，喻体便失去了意义，现代诗大量使用隐喻，似乎喻体获得了某种独立性，其实不过是自欺欺人。这也正是象征主义的根本缺陷。古人尽管“比兴”放在一起连用，实际上在写作中对“比”的使用是很克制的，中国诗的传统实际上应该是兴。

“收拾停当我的行装，/ 马上要登程去远方。/心爱的同志送我/告别天安门广场。// 在我将去的铁路线上，/ 还没有铁路的影子。/ 在我将去的矿井，/ 还只是一片荒凉。// 但是没有的都将会有，/ 美好的希望都不会落空。/在遥远的荒山僻壤，/ 将要涌起建设的喧声。”

这里的远方是实实在在的远方，它有具体的内容：铁路线上，矿井，遥远的荒山僻壤……这就是直接的描写。同时，“我们惯于踏上征途，/就像骑兵跨上征鞍，/青年团员走在长征的路上，/几千里路程算得甚么遥远。”这里的远方又是虚的，把远方比喻成征途、长征的路上，更重要的比喻紧接着出现了：“谁也不许落后于时间!”跨向远方就是跨向青春的未来，而最后，我们会有一个美好的结局：“那时我们在北京重逢，/或者在远方的工地再见!”

现在可以看出，“远方”与要表达的内容，是一个形象关系，而《到远方去》的形象结构还是停留在赋和比这两种古老手法上，远方这个形象没有立起来。它或者太“实”，成了直接描写，或者太“虚”，成了征途和时间的比喻。同样的结构，同样是用形象来表达，“秦时明月汉时关，万里长征人未还”，这其中的明月和关的虚实关系就处理得很好。秦时明月汉时关，这两个意象与人构成一个意象关系，这个关系不远不近，既虚而实，它不是比喻关系，而是映衬关系；它也不是描写的终极对象，它不是诗中的中心，所以手法上也不是赋。“秦时明月汉时关”，这里就是兴的手法的运用，这两个意象就立起来了，这两个意象所承载的内涵是任何其他形象都无可比拟的。而远方这个意象则没有立起来。很遗憾，在以充满诗意的时代，一个富有诗情画意的年轻人，写出了一个充满诗意的形象，但是由于形象内部的结构缺陷，同时也由于时代的局限，使这一诗意没能真正充实提高，没能延续下去。

附 3

一个理论个案：关于现代化与现代性

从历史的回顾可以看出，凡是为新诗的变化辩护的理论，都要以现代化或时代的客观趋势作为理论的出发点。穆木天如此，袁可嘉如此，谢冕亦如此。他们心中都悬了一个不言而喻的终极标准，即现代化的客观必然。当然背后还有一个现代化的目的即先进的西方模范这样的信念在支撑着他们的言论。在这种理论模式贯穿新诗的历史，一直延续至今。不过现在现代化已经不够时髦，现代性取而代之，成为新的信念。

尤其是近百年来，批评者对新诗的批评经常以古诗作为参照系，尤其是以古诗的辉煌来比衬新诗的衰败，这给新诗带来持续的巨大的压力。面对批评，现代性就挺身而出，为“老”新诗现状的合法性辩护。

最有代表性的批评是郑敏先生在 1993 年发表的长文《世纪末回顾：汉语语言变革与中国新诗创作》认为：“语言主要是武断的、继承的、不容选择的符号系统，其改革也必须在继承的基础上”。她认为新诗成就不高，原因在于“由于我们在世纪初的白话文以及后来的新文学运动中立意要自绝于古典文学，从语言到内容都是否定继承，竭力使创作界遗忘和背离古典诗词。”①

---

① 郑敏：《世纪末的回顾：汉语语言变革与中国新诗创作》，《文学评论》1993 年第 3 期。

臧棣为此感到很苦恼：“为什么我们总能在对新诗进行总体评价的时候感觉到古典诗歌及其审美传统的徘徊的阴影？”他因此提出关于新诗因其体现现代性的追求因而自成传统的论点，应该说是对以上否定性批评最有力最有理论意义的反击。他认为：“中国新诗的问题，从根本上说，并非是一个继承还是反叛传统的问题，而是由于现代性的介入、世界历史的整体化发展趋向、多元文化的渗透、社会结构的大变动（包括旧制度的解体和新体制的建立），在传统之外出现了一个越来越开阔的新的审美空间。所以，从现代性的角度看，新诗的诞生不是反叛古典诗歌的必然结果，而是在中西文化冲突中不断拓展的一个新的审美空间自身发展的必然结果。并且，这个新的审美空间的自身发展，还与中国的不可逆转的现代化进程紧密联系在一起。”“新诗对现代性的追求——这一宏大的现象本身已自足地构成一种诗歌传统的历史。而这种追求也典型地反映出现代性的一个特点：它的评判标准是其自身的历史提供的。”

臧棣对“现代性”与中国新诗的关系的研究颇具哲学意味。他认为，应将“现代性”视为自足的，其合法性是从它自身获得的，现代汉语诗歌与中国传统诗歌之间是重新解释的关系，而非继承关系，现代诗歌的传统是“现代性状态中的传统”。“在新诗与旧诗的关系上，现代性自身的内在逻辑是决定新诗面貌和走向的根本力量”。“其评判实质上是一种自我评判：这种评判所需的标准和尺度都源于其自身，而无法从外部获得。”①

臧棣的理论自有渊源。黑格尔在他的《精神现象学》序言中就提出了“绝对即本体”的基本观点。绝对与本体的同一表明了黑格尔的本体论不是一般形而上学意义的本体论，而是绝对自己的本体论，因此它所有的观点、方法和理论上的展开只能自圆自说，自己证明自己，因此黑格尔的绝对就是绝对自身的绝对。在这个意义上，黑格尔的绝对除了依靠自性展开外，别无他途，就是说绝对只

---

① 以上均见臧棣《现代性与新诗的评价》，《文艺争鸣》1998 年第 3 期。

有与自己的同一是唯一可以展开的起点。

黑格尔“绝对精神”的自在自为、自己产生自己、自身运动发展的思辨观念就由此发生。黑格尔把绝对精神看作世界的本原。绝对精神并不是超越于世界之上的东西，自然、人类社会和人的精神现象都是它在不同发展阶段上的表现形式。因此，事物的更替、发展、永恒的生命过程，就是绝对精神本身。

这种黑格尔式的思维方式在现代并没有消失，关于这一点，从臧棣所征引的关于现代性的论述即可明白。这是一种理论上的浪漫主义。但是臧棣引用哈贝马斯作为自己理论的支持，却犯了一个根本性的错误。哈贝马斯恰恰是对黑格尔式的思维方式持批判态度的，他指出黑格尔式的美学是宗教衰落以后的新的神话。正如肖鹰所说：“对于哈贝马斯，从黑格尔直到德里达，现代性哲学话语的根本错误在于，它对主体性的批判只是主体自我的自反性批判。这种批判，只能实现为无终结的主体自身与它的镜像之间的相互映照。也就是说，这种自反性批判不能真正实现对中心化主体的突破和超越。”（《哈贝马斯〈现代性的哲学话语〉评述》）

对于新诗，我们可以把它作为信仰，但也需要客观的态度，不这样无法推进新诗的进步，不这样无法达成共识，不这样无法进行有效的讨论。

可以说，像臧棣把“现代性”这样神化的确实罕见。亚里士多德曾有这样类似的冲动，认为哲学是最高的理论知识，是智慧，具有最大的普遍性，能够概括一切事物，它讨论最基本的原则和原因，而这个原因本身就包含了它的目的。但即便是哲学，在语言学转向以后，也不再有亚里士多德的自信。维特根斯坦说，一切形而上学毫无意义，对说不清楚的东西哲学家只能而且应该保持沉默。语言的界限即是思维的界限。哲学也自动放弃了自为自在唯一自由的科学的尊荣。

什么叫现代性？后面笔者还要提及。可以说在当今世界，除了哈贝马斯，这几乎可以说是个贬义词。这里专就对于现代化现代性的盲目崇拜所体现出的思维方式略加讨论。

我觉得对于新诗而言，保持一个良好的心态有助于我们正确面对来自各方面的压力。新诗是什么？它首先是诗，而不是现代性。是诗就要接受别人的评判，它不能自己评判自己，不能以自己为标准，它不是自在自为的，也不是只为自己而存在。

所以评价新诗需要一个参照系。如果把新诗孤立起来，单纯地不与外界发生任何联系地评价新诗，不可能也没有任何意义。因为任何评价都是相对的，和周围有联系的。新诗不可能绝对的好，也不可能绝对的坏，它的好坏总是相比较而存在。同样的道理，评价古诗也同样，要么不评价，要么就需要一个参照系。就是牛顿，为了证明上帝的存在，也要假设一个“第一推动”，因为事物无缘无故的加速运动是不可能的。我们也同样无法理解，一个人能拔着自己的头发离开地球。

臧棣说：“在某种意义上，传统的概念、形象、范畴，实际上都是由现代性提出的。正是由于现代性的出现，由于现代性本身所设定的传统与现代的二元结构，我们才深深地意识到传统的存在。因此，我们现今所说的传统，究其实质，是现代性状态中的传统。这也是我认为用‘创造性转换’这一模式难以对新诗作出正确评价的原因。”[①] 其实传统时刻存在，古今从来不缺对比，这还是现代性的狂妄在作怪。

“在新诗发展史上，人们经常存在着一种幻觉：认为新诗不应一味反叛传统，而应承继传统。这种观念实际上是假定语言在历史中存在着一种绝对的连续性。而现代语言学已表明，语言的发展只有相对的历史性。语言自身的连续性是有限的，它的发展充满偶然性（如现代汉语的形成得益于白话文的运用和用欧化语法翻译西方语言的相辅相成）。从现代性的角度看，新诗对传统的反叛只是表面的，只是特定历史时期内的一种表象。新诗只是在现代性为它设定

---

① 臧棣：《现代性与新诗的评价》，《文艺争鸣》1998 年第 3 期。

的实践空间内，拒绝了传统；或者更确切地说，拒绝了传统用它自身的审美范畴逾界来衡量自己。”“在明确新诗的发展不依赖于它对旧诗的继承的关系后，对新诗和旧诗的关系又应采取怎样的态度呢？可以肯定，全然割断新诗与旧诗的关系，或是否认它们之间的关联，都是虚妄的。从理论上看，这种否认是对现代性向新诗提供的种种可能性的一种缩减。现代性（从发展模式上看）并不拒绝新诗和旧诗的联系，它反对的只是它们之间的一种虚拟的却被绝对化了的连续性。”①

这种说法其实忽略了另外一个传统的存在，即西方诗歌。西方诗歌也是新诗的传统，而且更正宗。不知臧棣怎么看待这个传统？要不要否认这种“虚拟的却被绝对化了的连续性”？臧棣曾指责谢有顺“重弹‘诗歌的民族性’的老调，并且天真地以为在新诗的写作中存在着一种绝对的独创性，可以不受新诗和西方诗歌关系的制约。”② 显然，他认为新诗与西方传统倒应该有绝对化的连续性的。事实上也是如此：“以后朦胧诗的写作为例。从表面上，后朦胧诗并不缺少传统的来源，它似乎可以在中国古典诗歌、新诗、朦胧诗、西方诗歌这些既存的传统之间进行任意选择、重组和整合，但在写作中实际发生的情况是，中国古典诗歌、新诗、朦胧诗很难在写作精神、诗歌感受力和洞察力方面对后朦胧诗人产生使之焦虑的影响。西方诗歌具有这种影响，不过它也日益受到后朦胧诗对那种从本文到本文的单殖循环的影响模式的怀疑的挑战。进一步地说，在后朦胧诗人那里，西方诗歌的巨大影响正受到它亲手哺育起来的、渐渐有了自己口味的诗歌感受力的疏离与质疑。”③ 这很能说明一切。

拒绝对新诗引入外部评价的另外一个理由是，对于新诗不要作整体主义的评价。这个观点仍然由臧棣提供：“不要把新诗和古典

① 以上均见臧棣《现代性与新诗的评价》，《文艺争鸣》1998 年第 3 期。
② 臧棣：《当代诗歌中的知识分子写作》，《诗探索》1999 年第 4 期。
③ 臧棣：《后朦胧诗：作为一种写作的诗歌》，《文艺争鸣》1996 年第 1 期。

诗歌的界线想得太绝对，也不要把诗歌的发展想象为一条线形的历史进程。文学史，或者诗歌史，依据整体主义的思路，对诗歌所做的线形描绘（特别是以前流行的诗歌史），不过是一种特殊的对诗歌的阅读。而大多数人则往往看不到这种阅读的特殊性，以为诗歌的发展史就是一个线性的过程，不存在任何审美的断裂。比如，在看待新诗与古典诗歌的关系上，人们总倾向于用一种整体主义的眼光来衡估新诗的文学史地位，来估量新诗的艺术成就，然后说什么新诗的成就不如古典诗歌。我以为这样的视角很成问题。”（《谢谢你，诗歌——臧棣答〈诗选刊〉问》）

我认为臧棣的思路是自相矛盾的。一方面新诗是自在自为的，它是现代性的自我发展和自我运动从而是现代性的自我展开。这说明新诗是可以作整体主义的评价的，因为它符合福柯的定义：“让一切现象围绕一个中心——一个原则、一个意义、一个精神、一个世界观。”这个中心就是现代性。

其实，即使不以现代性为中心，对新诗做整体主义的评价也是可以的。因为新诗确实是有中心的，这个中心就是向西方学习，与古诗传统决裂。当然，新诗的中心到底是不是向西方学习，与古诗传统决裂，可以讨论，但说新诗不可以整体评价，拒绝任何批评，是说不过去的。说到底，新诗没有自己评价自己和拒绝自身以外的评价的权利。新诗，作为汉诗的一个品种，其唯一的参照系就是古诗，只此一家，别无分店。

为什么这么说呢？新诗本身是汉诗，不和同是汉诗的中国古诗相比，难道和西方诗相比不成？和西方诗相比也行，新诗和古诗和西方诗都有不可分割的联系，不过西方诗担当不起作为新诗的评价标准的重任。关于这一点，非常复杂，这里只想谈一点，新诗的失败说明了以前以西方诗为评价标准的行不通。

事实上，新诗确实只不过是西方诗在中国的一次旅行而已。说新诗是西方诗的一个支派是一点也不过分的。也就是说，新诗并不是一个天外来客，它是可以整体把握的。新诗有变化，这并不应该是新诗拒绝评论的借口。

对新诗做整体评价并不难。因为新诗十分简单，十分类型化。新诗的变化不仅很少，而且有十分明显的轨迹。这个轨迹便是对西方诗亦步亦趋，生搬硬套。新诗的早期，是浪漫主义和现实主义，后来有了象征主义，至于现代主义，只不过一种笼统的说法，它是各种主义的合成，和以往主义的区别只不过各种主义的合成的成分有多少而已。1949 年以后，又是现实主义和浪漫主义交错、斗争、融合。20 世纪 80 年代以后，又加入了象征主义。90 年代以后，仍然万变不离其宗。从整体来说，新诗一直在神秘主义和理性主义之间纠缠。新诗就是这样反反复复，20 世纪 90 年代以后，写病句成为时尚，“下半身写作”也公开亮起旗帜，可以说新诗最后的一点诗的尊严都被剥夺殆尽，其道路可以说越走越窄。又有什么理由强调新诗的复杂性，以拒绝评论呢?

当前新诗“不景气”，写诗的人比看诗的人多。但新诗界某些人拒绝批评的最后一个武器是新诗本身没有问题，而是读者出了问题，甚至是新诗教育出了问题。进一步的理由是：西方也一样。西方象征主义开始也是骂声一片，后来也成了主流。尤其是现在在西方，诗也没人看，大都成了诗人的自娱自乐的产品和评论家工作的材料而已。这样的思维方式，其实是很成问题的。

新诗是西方诗的一个支流，自然一切向西方看齐，就连没落也要跟西方诗一模一样。可是不管外国如何，我们总得先处理自己的事情。因为不管怎么说中国是一个“诗国”，诗歌在中国的地位就是相当于西方的宗教，在西方，诗歌衰败与否并不重要，因为人家有上帝，而西方文学中，诗歌从来地位就在戏剧小说之下，与中国文学中诗歌占绝对主导地位是不一样的。也就是说，那种因为西方诗歌衰败，所以我们也要衰败的说法，是不负责任的。

新诗自己有没有问题？读者是不是群氓？这些都要我们认真对待，再三反思。有些人说：现在电视网络普及，各种娱乐手段发达，所以没人看诗了。这不过在偷换概念。因为不管中国的娱乐事业多么发达，诗总有其不同于感官刺激娱乐手段的特征，这应该说是一个常识。而现在的问题是，连研究新诗的专家也不看新诗，连从事文学的人，以文学为职业的人也不看新诗。

臧棣的文章，问题这么多，如此违背世界潮流，可还有某些专家、博士如获至宝，以为解决了大问题，从此可以一劳永逸地堵住批评新诗者的嘴了。这除了说明新诗界理论水平堪忧以外，同时说明，新诗由于长期受到各方批评，新诗界同人渐渐养成的一种封闭心理。近年商品经济狂潮更是把新诗整体上挤入边缘，新诗处境雪上加霜，新诗界心态愈加敏感易怒，难得有一种平和心态。这种状况在可以预见的将来恐怕很难看到改变的可能。

第三章

后现代诗歌理论

第一节 拒绝隐喻：中国后现代诗论

20世纪后半叶风靡世界的后现代主义文学及理论，也在中国文坛产生了影响。其中后现代理论虽然没有成为中国文学的主流理论，中国文学界对后现代理论的接受不仅慢了几拍，而且理解并不准确，但也在理论与实践上曲折地反映了西方文艺理论的最新动态。中国20世纪80年代以后的后现代诗论就是这样一种诗论。

（一）在现代主义与后现代主义之间摇摆——周伦佑的诗论

中国诗坛中致力于后现代理论建设的诗人周伦佑指出，在中国的“第三代诗”则主要表现为“非崇高”、“非文化”、“非修辞”及某些方面的神秘主义倾向。以下是他们的理论主张：

非崇高：“他们宣称‘英雄死了’（西方现代文学中的‘反英雄’也这般宣称），现代是没有英雄的时代。比起朦胧诗人关注的那个整天皱着眉头作思考状的社会自我，他们更关心那个在社会与自然的临界无所作为的自我。”

非文化：“在写作题材上，由文化依托物转向日常生活经验和某种超文化的神秘体验；在语言上，他们唾弃高雅的文化人语言，使用日常口语，包括粗话和下流话。有趣的是，美国新一代诗人与艾略特诗风的决裂正是从这两方面进行的。他们以提倡本土诗的卡洛斯·威廉斯为旗手，反对历史感、文化感，主张直接书写个人经验；反对贵族化的文化人语言，主张日常口语。这当然不是巧合。联系到杨炼的诗歌见解和创作所接受的艾略特影响，‘第三代诗’的非文化倾向与当代美国诗歌创作主张的吻合便不是偶然的了。”

从以上可以看出，周伦佑觉得自己立足于现代主义，还没有后现代主义的概念。不过，周氏的“非修辞”问题最有后现代主义的理论特征，周伦佑对“非修辞”问题讨论得非常深入细致。周氏说：

传统修辞系统是以比喻（明喻、暗喻）和比拟（拟人、拟物）为中心修辞格的。它在中国早期新诗和国外古典主义、浪漫主义诗歌中被广泛地使用……这类修辞在“朦胧诗”中也时常见到，但朦胧诗使用得更多的却是以“通感”和“反逻辑比喻”为中心修辞格的新修辞方法，这类修辞法是在西方现代主义诗歌中被普遍使用的，故名之曰“现代修辞系统”。如果说传统修辞系统主要是通过类比联想获得一个比喻义世界的话，那么，现代修辞系统则是要通过对语义有组织的偏离和破坏以创造一个超现实的象征义世界。“第三代诗”的非修辞同时是针对以上两种修辞系统的。

非修辞首先便是对传统修辞方法的摒弃：停止比喻！停止拟人拟物！不再像什么，不再什么般的什么，而是，是什么就是什么。紧接着是拒绝通感！拒绝反逻辑比喻！不再“芬芳地走”不再倾听“活的柱子”。香味就是香味，不必“听到”和“喊叫”。石头就是石头，不会“活着”或“死去”。要实现的最低和最高的目标都是直接性——语言的直接性！

还有非意象（主要是“比喻意象”和“象征意象”），这是非修辞的附带结果。传统修辞方法产生“比喻意象”，现代修辞方法产生“象征意象”，非修辞取消了这两类意象产生的契机，便导致了非意象。

最后，非崇高、非文化、非修辞（包括非意象）必然使“第三代诗”的带有某种程度的非诗、非艺术倾向。诗的恒久不易的魅力在一代人的亵渎中经受着又一次考验。[①]

周伦佑的诗论是现代主义与后现代主义的混合物。非非成立于1986年，据周伦佑自己介绍，当初取非非的名字，是取其非崇高、非理性之意。[②] 这是中国在20世纪80年代所能知道的最新的西方理论，这当然是现代主义理论。这个时候的非非还是一个现代主义团体。周伦佑在1986年的《变构：当代艺术启示录》中大谈“觉醒的个体意识”。周伦佑、蓝马写于1986年5月2日的《非非主义诗歌方法》一开篇即说：“非非主义并不否定什么，它只是表明自己。”又弄了几个还原：第一，感觉还原。“彻底摒弃了文化语义的感觉，就是直觉（亦称非非觉）。直觉导向直觉体验（亦称非非体验：没有语义）。”第二，意识还原：摒弃意识屏幕上语义网络构成的种种界定。第三，语言还原：捣毁语义的板结性，在非运算地运用语言时，废除它们的运算性。创造还原的具体途径：三逃避：逃避知识、逃避思想、逃避意义。三超越：超越逻辑、超越理性、超越语法。语言观：A. 非两值定向化，即超越非此即彼的评价体系。B. 非抽象化，清除抽象概念，清除判断和推理。C. 非确定化，主张诗歌语言的多义性。

在周伦佑1988年的《反价值》里，崇尚马里内蒂和达达主义，提倡语言破坏：有组织地颠倒词义，破坏高雅文化的习惯用法；创造生词、新词，形成自己的亚文化语言；有组织地使用脏话、粗话，把其加诸高雅事物。提倡形式破坏：反对象征，反对风格。感

① 以上所引均见周伦佑《第三代诗与第三代诗人》，周伦佑主编《亵渎中的第三朵语言花——后现代主义诗歌》，敦煌文艺出版社1994年版。

② 周伦佑：《异端之美的呈现》，见周伦佑主编《打开肉体之门——非非主义：从理论到作品》，敦煌文艺出版社1994年版。

觉破坏：向垮掉派学习，参禅、吸毒，对肉感的推崇，性解放、性欲。反价值：取消价值评价，清除价值词，包括价值名词、价值动词、价值形容词等。反美、反和谐、反对称、反完整、反情态、反真实等。从这些看来，倒有点后现代的样子。

但周伦佑1992年的《红色写作》又抨击“所谓后现代的现代标榜”，也不“非”意象：“诗人一生的主要意象与他生命中的重大事件有关。”

从以上看来，周伦佑的理论主张在现代主义和后现代主义之间摇摆，最后才倒向后现代主义。

王潮《变构语言的努力》[①] 把非非主义分为三个阶段：1986—1988年，创立，对语言的不信任和否定。1988—1992年，展开时期，反价值。1992年以后，转变，从对语言的不信任到对语言的认同。这种概括没有抓住非非的本质。

李亚伟《莽汉主义大步走在流浪的路上》[②] 说：“莽汉主义大步走在流浪的路上，莽汉主义不完全是诗歌，它更多的是一种莽汉行为。”“莽汉主义最大的愿望就是要翻山越岭，用汉字拆掉汉字，要人口人口地吃掉喜马拉雅山……是冲到前面去破坏自己，用举起的生殖器打倒人类旺盛的生殖欲。”这算是“下半身”的先驱了。

陈旭光认为：“‘非非’、‘莽汉’和‘他们’，正是三个最能表征当代诗歌艺术范式从‘朦胧诗’的‘现代主义’向‘朦胧诗后’的‘后现代主义’转型的诗歌派别。而以‘大展’为肇始一直到现今，‘后现代主义’在‘朦胧诗后’诗歌中，已经大面积泛滥开来了。”[③] 话虽如此，从朦胧诗到现在，在中国，占据诗歌界主流地位的至少表面上还是现代主义。而我们虽然看到了前面所论述的后现代主义诗论，其实和现代主义混在一起，含混不清。即使批评

---

① 王潮：《变构语言的努力》，见《打开肉体之门》，敦煌文艺出版社1994年版。

② 李亚伟：《莽汉主义大步走在流浪的路上》，《创世纪》创刊号1993年1月。

③ 陈旭光：《“朦胧诗后”诗歌的后现代转型》，见陈旭光编《快餐馆里的冷风景》北京大学出版社1994年版。

者也从现代主义的角度进行批判。鉴于此，我们后面还要详细辨析现代主义与后现代主义的区别。

（二）诗到语言为止——韩东的诗论

韩东的名言“诗到语言为止”[①]，和周伦佑一样，明显是针对朦胧诗——中国最大的现代主义流派的。不同的是，韩东的理论更精致一些。

所谓诗到语言为止，就是强调诗歌的语言特性，而反对其传统的外部特性。传统的语言论把语言当成工具，传统的诗歌观把诗歌语言当成对外部世界的隐喻，于是诗歌的目的便是外部世界，这样一来，意义、价值、情感、美这样的概念便充斥诗歌理论，诗歌语言便成为工具与附庸。韩东勇敢地宣称“诗到语言为止”，便是对这一切的反叛。韩东自己解释说，这句宣言的目的是强调排除其他一些因素的干扰。[②] 而最直接的是对朦胧诗的反叛。韩东说：“我们真正的‘对手’，或许要真正加以抵抗的并非什么人和事，它是，它仅仅是‘今天’的诗歌方式，其标志性人物就是北岛。阅读今天和北岛等使我走上诗歌的道路，同时，也给我一个反抗的目标。”[③]

韩东在不同的地方发表过他的诗歌理论。这里，韩东明确提出对象征的反对意见：

> 象征是一种魔术吗？如果是一种魔术那它就是一种技艺，是我们称之为诗歌技巧的东西。
>
> 我们一向这么认为：象征是事物的一种隐蔽的说法，在普遍爱好曲折和朦胧的今天尤其如此。曲折被理解成复杂，朦胧

---

① 韩东：《自传与诗见》，《诗歌报》1988年7月6日。

② 常立：《关于“他们”及其他——韩东访谈录》，见《“他们”作家研究：韩东 鲁羊 朱文》，上海三联书店2010年版。

③ 韩东：《长兄为父》，《作家》2003年第8期。

被理解成模糊，只要你既复杂又模糊就有了象征的效果。一切都来得这么容易，简直让人不敢相信。

我喜欢象征，但复杂与模糊与我的天性不合。怎么办呢？我只有废除象征作为技巧的运用。[①]

韩东“关心的是诗歌本身，是诗成为诗歌，是这种由语言和语言的运动所产生的美感的生命形式。”[②] 诗人应当超越政治和文化。诗歌应超越人类的利害关系。[③] 这可以看作是对诗到语言为止的一个自我解释。它和韩东对诗的理解密切相关：诗是第一性的，第一性就是“那种诗人身体引发的、出自他内部的东西，是撇开不同的文化背景也能感受到的东西”[④]。从这里可以看出，韩东的针对性非常明确，就是作为现代主义流派的朦胧诗。反现代主义，又不可能重新回到现实主义和浪漫主义，唯一的可能就是后现代主义。然而韩东似乎没有明确的后现代主义的理论意识，因此，他就抓不住要害，不能提出明确的理论纲领。

结果到了20世纪90年代以后，韩东的诗学理论倒退了。他在杨黎的影响下又提出“语言是世界之光”：“语言指向的不是事物，而是事物间的关系，即事物的意义。因此，对语言的要求不是准确对位，而是‘看见’。通过语言，我看见事物，而我看见的事物实际上是事物间的关系。语言，就像光线，而不是模具。由于看见的需要，语言应该趋向于清明……取消语言的‘积垢’。犹如一块玻璃，擦去尘埃污渍，就像没有了一样。最后，它真的就没有了。”

与以前不同的是，韩东不仅认识到语言的界限，而且承认语言是工具：“语言是世间之物，就像生命体那样的复杂、含混、充满

---

① 韩东：《梦的语言》，见《韩东散文》，中国广播电视出版社1998年版。

② 韩东撰写，见《他们》第3期封面。

③ 韩东：《三个世俗角色之后》，《他们》第4期。

④ 林舟：《生命的摆渡——中国当代作家访谈录》，海天出版社1998年版，第51页。

矛盾，并有着生死大限。它不是究竟、目的，只是（看见的）手段而已……语言并非世界，乃是世界之光。在光照下，世界得以呈现、被看见，然而，被看见的并非世界，而是世界中的关系，是它的意义。”这就是所谓的回到事物本身：“依着外象的弧度而突入内心的世界，有时甚至可以废弃比喻（虽然不可以完全废弃），一如王籍的名句，风定花犹落，鸟鸣山更幽，我们不问喻体（风定、花犹、鸟鸣、山幽）的喻旨为何，更不问它们象征的是什么。它们什么都没有说（明），但什么都说了。回到事物本身的行动（或动态）里，回到造成某一瞬间心里真实的事物之间即非犹是的关系（鸟鸣：声响、山幽：静寂），这一个形象就具有这一瞬间所包含的一切可能的抛物线。”

这时，韩东甚至于根据杨黎的意见，同意修正他的著名命题“诗到语言为止”为“诗从语言开始”。诗从语言开始，导向何处？导向的是“绝对、真理、超自然，并非任何世间实在之物（包括语言）”，[①] 退回到现代主义。

看来，提出后现代主义诗学明确纲领，这个任务，只有等于坚来完成。

（三）于坚：拒绝隐喻

从周伦佑到韩东再到于坚，可以说后现代主义反现代主义的理论运动一步步深入，到于坚的“拒绝隐喻”，终于抓住了理论的要害，也抓住了后现代主义的核心。他最主要的观点即“拒绝隐喻”这个后现代的核心论点。[②]

于坚之所以拒绝隐喻，乃是因为隐喻象征对事物的遮蔽。更具体一点，我们惊讶地发现，于坚并不是拒绝当下的隐喻，而是拒绝已经成为文化积淀的隐喻，一些文化上的残余。他说：“最初的隐

---

① 以上均见韩东《关于语言、杨黎及其他》，《作家》2003 年第 8 期。
② 于坚：《从隐喻后退——一种作为方法的诗歌》，《作家》1997 年第 3 期。

喻是元隐喻。这种隐喻是命名式的，它和后来那种‘言此意彼’的本体和喻体无关。”元隐喻是命名，是创造。然后呢？“文明导致了理解力和想像力的发达，创造的年代结束了，命名终止。诗成为阐释意义的工具。”“诗被遗忘了，它成为隐喻的奴隶，它成为后诗偷运精神或文化鸦片的工具。读者在这个世界上公开地冒充诗人，我们始终只能从他们那里得到‘接受’、‘阐释’的东西。”对此，于坚做了精彩的说明：“一个声音，它指一棵树。这个声音就是这棵树。shu！（树）这个声音说的是，这棵树在，这个声音并没有‘高大、雄伟、成长、茂盛、笔直……’之类的隐喻。在我们的时代，一个诗人，要说出树是极为困难的。shu 已经被隐喻遮蔽。他说‘大树’，第一个接受者理解他是隐喻男性生殖器，第二个接受者以为他暗示的是庇护，第三个接受者以为他的意思是栖息之地……第X个接受者，则根据他时代的工业化的程度，把树作为自然的象征……能指和所指已经分裂。只可意会不可言传。”[①]“隐喻从根本上是诗性的。诗必然是隐喻的。然而，在我国，隐喻的诗性功能早已退化。”[②]“拒绝隐喻并不意味着一种所谓‘客观写作’。客观的写作只不过是乌托邦的白日梦之一。”[③] 这在他的诗作《对一只乌鸦的命名》中也看得很清楚。于坚在此有非常天才的发现。所谓元隐喻，能指和所指合一，后来的隐喻变成了言此意彼。这正是诗歌陈陈相因，缺乏创造力也缺乏感染力的原因。为什么呢？言此意彼，意味着意象与意味的分离，意象成为语言的附庸，成为理性的附庸。意象就变得苍白、无力，缺乏感染力。

那么拒绝隐喻意味着什么呢？“对隐喻的拒绝意味着使诗重新具有命名的功能。这种命名和最初的命名不同，它是对已有的名进行去蔽的过程。”“如果读者在诗中看出世界内核之类的东西，那是因为读者是来自一个充斥着索隐式文本的世界。诗是一种消灭隐

---

① 于坚：《从隐喻后退——一种作为方法的诗歌》，《作家》1997 年第 3 期。
② 于坚：《传统、隐喻与其他》，《诗探索》1995 年第 2 辑。
③ 于坚：《从隐喻后退——一种作为方法的诗歌》，《作家》1997 年第 3 期。

喻的语言游戏。对隐喻破坏得越彻底，诗越显出自身。罗兰·巴特说，指着面具前进。它同时也是取消语言的既往价值的游戏。从所指的深处出发，返回能指的表面的游戏。"[①] 看明白了，"既往"二字，非常重要。于坚的拒绝隐喻在于写作中尽量不使用陈旧的隐喻式语言，他也不愿意使用或创造新的隐喻，即创造元隐喻，尽量使用客观的描述。于坚最近的访谈证实了笔者的理解："拒绝隐喻，当年说的是'一种作为方法的诗歌'。我强调的是通过对陈词滥调的再隐喻的拒绝而复活神性的'元隐喻'。""汉语诗歌的隐喻、象征总是再象征。我希望回到开始的象征。就是卡西尔说的那种神话时代的语言。"[②]

然而，于坚肯定不愿意看到，他这样实际上和现代主义殊途同归。现代主义大规模地使用隐喻，也不是使用文化上的沉淀，他们恰恰强调隐喻的个人性。他们似乎想创造"元隐喻"。为此俄国形式主义、新批评、阐释学、读者理论对此作了连篇累牍堆积如山的辩护。强调隐喻的个人性，说句公道话，也是为了去蔽。臧棣说得很实在："我本人也致力于倡导诗歌的非知识化；或者更准确地说，是诗歌的非历史化；致力于探索和建构一种语言实践，将诗歌从现代知识的罗网中解放出来。从表面上看，这和谢有顺的表述——把诗歌从知识话语的霸权中解放出来——很相近。"[③] 中国的现代主义强调日常生活，拒绝抒情，提倡叙事性，他们与后现代最重要的区别是，他们创造隐喻，创造谁也不懂的隐喻。

陈旭光《第三代诗歌与后现代主义》[④] 认为："现代主义是保存自我主体的最后一番努力，但这种悲壮努力已经以失败而告终。"

---

① 于坚：《从隐喻后退——一种作为方法的诗歌》，《作家》1997 年第 3 期。

② 于坚：《新诗应当尊重它的成熟，不能总是一场场青春期的胡闹》，2009 年 10 月 14 日，见诗生活网站。

③ 臧棣：《当代诗歌中的知识分子写作》，《诗探索》1999 年第 4 辑。

④ 《第三代诗歌与后现代主义》，见周伦佑主编《亵渎中的第三朵语言花——后现代主义诗歌》，敦煌文艺出版社 1994 年版。

他认为“第三代诗歌”的后现代转型体现在：

第一，主体的移置，即把自己看作世界及自身的“局外人”。“他们将主体逐出虚幻的中心，打破一人为中心的视点。如此，主观感性被消弭，主体意向性自身被悬搁。世界不再是人与物的世界，人的能动性与创造性消失了，剩下的只是纯客观的表现物。没有一星半点情感、情思，也没有任何表现的热情。”

第二，象征的没落。“象征的没落，预示和标志了当代中国新诗艺术范式发生的从现代主义趋于后现代主义的某种最富于革命性的转型。”

第三，认为胡塞尔的现象学是对黑格尔现象/本质深度模式等的致命打击，导致中心消失和深度模式削平。

第四，言语的狂欢与游戏：“第三代诗人”这样一群无所顾忌的语言狂欢者和游戏者。他们往往鄙夷整体性，热衷于任意割断常规联系，用并列关系的组合与转喻方式的拼贴，任意游戏着能指符号，也常求助于悖谬、反依据、反批评、破碎的开放性及整版的空白边缘，等等，甚至以图像入诗，或以诗句组构图像，以不同的印刷字体和不同的排列方式表达不同的视觉效果。

上述这些概括得很有道理。第三代确实是这样一个现代主义与后现代主义混杂的整体，需要我们小心地清理和剥离。

（四）对“拒绝隐喻”的批评

与此同时，对于拒绝隐喻，诗歌界提出了批评。请看一行的《口语诗：可能性及其限度》，文章首先概括了对方的观点：“口语诗从两个方面对隐喻发起攻击：首先，从阅读上说，隐喻固然使诗变得光彩夺目，但却是对世界的事物的遮蔽。读者从隐喻中获得的愉悦和满足是廉价的，因为它诉诸想象而非不可反驳的事实。另一方面，由于古代注经传统对隐喻做了种种注解，置身于隐喻传统中的诗歌便充满了意义和被阐释的可能，读者就很容易变成一个索隐派在字里行间寻找所谓‘隐藏的意义’，于是阅读变成了猜谜。象征作为隐喻的一种，使诗不再去显示，而是成为另一个世界的索隐和脚注。""另外，从创作上说，隐喻是对想象力的一种滥用。不仅那种沉迷于制造隐喻的修辞表演式的诗歌，即使是试图呈现一种灵魂出窍经验的严肃作品，在使用隐喻时也是在走捷径。"还有互文是口语写作所要反对的书面语诗歌的第三个特征。这都概括得很准确。

紧接着，作者进行了批判："正如民主容易变成暴民政体，口语写作也容易从对生活的肯定降解为对欲望的屈从，亦即成为一种狂欢和放肆的发泄。""反对隐喻和仪轨，很容易造成诗歌技艺标准的丧失。"为什么呢？"隐喻的确是对世界的遮蔽，但好的隐喻同样是一种解蔽。即使为众多口语派作者推崇的维特根斯坦也经常使用比喻。"从这些批评可以看出，这还是传统的思维方式。"书面语诗歌说与写的断裂并不是什么坏事，它使写作充满张力。""现代口语诗由于囿于现代性和日常性之中，而无法获得精神的自然视域和整体性。"等等，这也是从现代主义的角度对口语诗的反思。

"反对隐喻和仪轨，很容易造成诗歌技艺标准的丧失。"这倒闻所未闻。其实恰恰相反，写病句诗才是诗歌技艺标准丧失的根源。"隐喻的确是对世界的遮蔽，但好的隐喻同样是一种解蔽。即使为众多口语派作者推崇的维特根斯坦也经常使用比喻。"这句话说得对，关键是现代主义的隐喻不仅是遮蔽，而且丧失了交流的可能。现代主义的隐喻永远不可能是好的隐喻。"书面语诗歌说与写的断裂并不是什么坏事，它使写作充满张力。""现代口语诗由于囿于现代性和日常性之中，而无法获得精神的自然视域和整体性。"[①] 等等，这些话越说越离谱。

从以上可以看出，作者做了很认真的思考。然而，隐喻的根本性问题，即懂与不懂的问题，仍在作者的考虑范围之外。

新诗自诞生之日起即对西方诗歌进行全面的学习和模仿。新时

---

① 以上均见一行《口语诗：可能性及其限度》，见曹成杰、李少君主编《九十年代以后——当代汉语诗歌论丛》，南方出版社2006年版，第62—63页。

期以来，虽然中国的后现代诗歌在实践上和西方文学是合拍的，但新诗主流理论对后现代理论表现出罕见的抗拒心理，可以说现代主义从创作到理论一直占据主流地位。周伦佑的理论在现代与后现代之间摇摆不说，最后虽然倒向后现代，但一直被当成奇谈怪论，与主流无缘。从韩东到于坚，“拒绝隐喻”的理论抓住了现代主义与后现代主义的核心，但其理论主张也不得不以“民间”的面目出现。而且，周伦佑、韩东、于坚三人的诗学主张混杂有不少现代主义的东西，思维方式也是现代主义的。

第二节　世俗化、身体写作及其理论

在后现代狂潮席卷下，现代主义也羞羞答答地赶上了后现代主义的末班车。中国现代主义提倡个人化、日常生活、叙事性、放逐抒情就是向后现代主义投怀送抱。当然，这是中国特色的现代主义，但是现代主义的招牌不能丢，核心不能丢，隐喻象征的写作手法是一直贯穿始终的，是核心法宝。这也是中国现代主义和后现代主义最大的甚至唯一的区别。

（一）个人性、叙事性、拒绝抒情、中年写作、知识分子写作

20 世纪 90 年代以后，新诗又回到了低谷，这时，现代主义发展成病句诗，又称为知识分子写作，形成了中国第一个学院派，其诗作和理论上其实没有多大新意。

许多人都非常及时地认识到 90 年代于 80 年代的断裂。不光是社会经济政治生活，文学上不光是小说，诗歌也发生了断裂。

欧阳江河在《’89 后国内诗歌写作：本土气质、中年特征与知识分子身份》[1] 中说：“在我们已经写出和正在写的作品之间产

---

① 欧阳江河：《’89 后国内诗歌写作：本土气质、中年特征与知识分子身份》，《今天》民刊 1993 年第 3 期。

生了一种深刻的中断。""过渡和转变已不可避免。"程光炜也持同样的观点。[1] 谢冕也同意90年代的断裂，不过他持一种批评的态度："诗歌告别80年代，与其说是向某一个年代的告别，不如说是向一种精神的告别，中国新诗在这个年代完成了它在新时期的历史转型。"[2] 前面已经提到，朦胧诗的支持者谢冕和孙绍振则在各种场合表达了对90年代文学和诗歌的不满。

也有一些人对断裂说持保留态度。[3] 他们显然对90年代诗歌变化认识不够。于坚也反对这种断裂说。[4] 而张颐武的《九十年代：第三世界文化中的诗歌》[5] 未卜先知地提出，在全球化的西方文化冲击下，90年代诗歌的内里将不断出现分化。奇怪的是，90年代诗歌确如张颐武所说，全球化和西方文化把诗歌冲击得七零八落。

李霞的《90年代汉诗写作新迹象》[6] 认为，90年代诗歌告别了80年代"浮躁与赶集式的代言写作"从而进入"一个个独立岛屿"的个人写作的时代。尽管如此，却又可归纳为四种新迹象，喜剧写作、歌谣写作、碎片写作和民间走向。西渡则概括90年代诗歌与80年代的深刻变化为：第一，本土化和关注日常生活的倾向比80年代明显。第二，抒情成分减退，叙事成分增强。第三，喜剧性因素加重，挽歌与喜剧之间达到平衡。第四，综合性的风格特征突出。第五，包容性的文本效果强烈。[7] 这种说法表明了对90年代深层次加以概括的努力。

吴思敬的《九十年代中国新诗走向摭谈》、《精神的逃亡与心

---

① 程光炜：《九十年代诗歌：另一意义的命名》，《学术思想评论》1997年第1辑，吉林人民出版社。

② 谢冕：《诗歌理想的转变》，《郑州大学学报》1998年第1期。

③ 唐晓渡：《90年代先锋诗的几个问题》，《山花》1998年第8期；耿占春：《没有终结的现时》，《青年文学》1999年第6期；陈旭光、谭五昌：《断裂·转型·分化——九十年代先锋诗的文化境遇与多元流向》，《诗探索》1993年第3期。

④ 于坚：《写作，写作……——答河南李建立问》，《今朝》民刊2005年第3期。

⑤ 李霞：《90年代汉诗写作新迹象》，《诗人报》1990年1月。

⑥ 张颐武：《九十年代：第三世界文化中的诗歌》，《诗探索》1993年第3期。

⑦ 西渡：《历史意识与90年代诗歌写作》，《诗探索》1998年第2期。

灵的飘泊——九十年代中国新诗的一种走向》，概括出90年代的诗歌的特征："精神的逃亡与心灵的漂泊"、"寂寞中的坚持"、"个人写作的涨潮"、"先锋情结的淡化"、"对传统的重新审视"、"将半空中悬浮的事物请回大地"。[①] 席云舒的《自圣与自虐——关于90年代诗坛的教堂意识与价值虚无主义思潮的批评》[②] 也提倡个人化与多极化，反逻辑中心论。

谢冕的总结很及时："90年代最大的完成是诗的个人化。"[③] 个人写作的概念来自欧阳江河对80年代青春写作的批判，与中年写作联合在一起。[④] 王家新概括说：第一，它既非风格写作又非个性写作，而是建立在90年代特定历史语境中话语差异认识上的写作，是极有别于以往对抗意识形态或者回避意识形态的个体承担性质的写作。第二，它是指在集体狂欢的现象语境下，对个体想象力和个体精神存在的坚持和维护。第三，它体现在个人与世界之间的个体的话语方式，将差异性、多样性放在首位。第四，它不同于"私语化"、"私人化"、"自我表现"的写作，坚持将个人经验置于更为开阔、复杂的文化语境里来审视、处理。[⑤] 王家新还说："90年代诗歌之所以值得肯定，就在于它在沉痛的反省中，呼应并在一定程度上承担了这样的历史要求，并把一种独立的、知识分子的、个人的写作立场内化为它的基本品格。本文集许多篇章涉及十年前开始的那场艺术转变，而这场在历史震撼和复杂诗学意识相互作用下的转变，除了如欧阳江河说的旨在'结束群众写作和政治写作这两个神话'外，我想还有一个'纯诗'或'纯艺术'的神话。这种'纯诗'写作它的另一分支似是在80年代中后期泛滥成灾的'文

① 吴思敬：《九十年代中国新诗走向摭谈》，《精神的逃亡与心灵的飘泊——九十年代中国新诗的一种走向》，分别见《文学评论》1997年第4期，《星星》1997年第9期。

② 席云舒：《自圣与自虐——关于90年代诗坛的教堂意识与价值虚无主义思潮的批评》，《诗探索》1998年第4期。

③ 谢冕：《诗歌理想的转变》，《郑州大学学报》1998年第1期。

④ 唐晓渡：《九十年代先锋的几个问题》，《山花》1998年第8期。

⑤ 王家新：《夜莺在它自己的年代——关于当代诗学》，《诗探索》1996年第1期。

化诗’，如按张枣的描述，显示了一种‘迟到的’相对于西方对于‘现代性’和诗歌自律的追求，它在80年代非政治非意识形态化的文学潮流中自有意义，对于诗人们语言意识的觉醒和技艺修炼也是一次必要的洗礼。”① 从中可以看出，与其说王家新向后现代靠拢，不如说他把自己的精英意识拔得更高。在王家新的笔下，个人化是一种比80年代更纯粹的精英意识的表现。这是知识分子写作立场的个人化概念。但他和臧棣也没有统一好口径，他在这里对现代性加以居高临下的态度。

罗振亚认为90年代诗歌的主要特点就是个人化，不过他的立足点不一样：“‘个人写作’的另一种说法就是多元化……它对‘现时’、‘现事’的格外关注和叙事话语的高度重视就是人们有目共睹的不争事实。”② 个人化又分化为日常生活和叙事。这种说法还是有一定道理的。总的来说，就是90年代诗歌写作存在世俗化倾向。

以个人写作概括90年代诗歌，还是比较准确的。它主要分为两大块，知识分子写作和民间写作。当然知识分子写作和民间写作是后来的划分。虽然在王家新笔下的个人化是精英化的代名词，在20世纪90年代，知识分子写作和民间写作确实呈现共同的趋向：关注日常生活，注重叙事，亦即世俗化的倾向。这其实就是后现代的特征，知识分子写作也掺和进来了。西川说：“既然生活与历史、现在与过去、善与恶、美与丑、纯粹与污浊处于一种混生状态，为什么我们不能将诗歌的叙事性、歌唱性、戏剧性熔于一炉？”③ 臧棣说：“被强行归入‘知识分子写作’的其他诗人，如萧开愚、孙文波、西渡，包括我本人在内，也都对诗歌的日常性深感兴趣。可

---

① 王家新：《从一场蒙蒙细雨开始》，《诗探索》1999年第4期。

② 罗振亚：《个人化写作：通往“此在”的诗学》，《中国文学研究》2004年第1期。

③ 西川：《90年代与我》，见王家新、孙文波编《中国诗歌九十年代备忘录》，人民文学出版社2000年版。

以说，80 年代后期以来的中国先锋诗人，已普遍将诗歌的日常性视为一个非常重要的诗歌资源，一个有待于大力拓展的经验领域。”①

张闳《介入的诗歌——九十年代的汉语诗歌写作诸问题》② 对个人写作有一个精彩的解释：

> 新的写作原则的另一个维度则是对一种所谓“纯诗”的追求。“纯诗”的关键在于写作中的个人的倾向和个人的“非介入”的立场。在诗学倾向和写作方式上对“个人化”特征的强调，被认为是诗歌的美学纯粹性的保证。诗人们尽量找一些纯粹的、不带任何意识形态色彩的“象征物”：玫瑰、缪斯、豹子、天鹅，以及一些往往是非具体的作为集合名词的鸟，以及一些抽象玄奥、带有本体论色彩的词汇（如虚无、时间、黑暗、绝望、死等等）或一些更为奇特的意象系统和风格（比如，巴罗克式的繁复的意象系统和装饰性风格）来作为诗歌的“个人化”的标志。可是，诗歌往往因为诗人们所认为的诠释的意象过于接近，从而使写作反而丧失了“个人性”，或者，由于对“个人化”意象的滥用和对公共性意象的刻意规避，而使诗歌几乎完全丧失了可交流性。
>
> 另一方面，当代诗在对词的“个人化”选择的同时，词与物之间的直接联系却在逐渐丧失。词在转化为诗歌意象的过程中，往往脱离了其物质性基础而被抽象为一种指向某种经验价值的“所指”。这里说的当然是现代主义的写作手法造成的个人性，与我们概括的 90 年代的总体的内容上的生活化、个人化并不矛盾。

---

① 臧棣：《当代诗歌中的知识分子写作》，《诗探索》1999 年第 4 期。

② 孙文波、臧棣、肖开愚编：《语言：形式的命名》，人民文学出版社 1991 年版。

正因为如此，90年代的现代主义诗人们因为发现了这个"个人性"的危险，他们祭起来另一个法宝：叙事性。

比方肖开愚的《动物园》便写了一个故事。孙文波《搬家》、《祖国之书，及其他……》、《梦中吟》这些诗都很口语化。问题是，这样一来个人化又成了问题，写这样的故事，谁都能写，你再会写，也写不过小说，你的语言优美，小说家的语言就不优美？怎么办？关键谁都能看懂，这可真要命。还得回到个人化。于是叙事性和象征（隐喻）结合起来，于是就出现了西川的《致敬》、陈东东的《解禁书》、肖开愚的《安静、安静》，这样的精神病患者的梦呓，让人看看什么是修正了的叙事性。①

钱文亮认为叙事性来自艾略特等人，显然对后现代不熟。② 胡续冬的说法更准确："如果说叙事性受到艾略特的影响的话，不如说是受战后英美诗歌的影响更重一些。从英国的运动派和美国的战后诗歌的基本脉络来看，基本上还是把周围的日常的事物以一种可供查询的叙事步履纳入到诗歌中来。考察运动派的基本诗学观念，它的平民化、英国本土性、口语性和叙事性都和90年代的中国诗歌观念有很大的相似之处。"③ 说得很好。可以说，"知识分子写作"这个顽固的现代主义流派也赶起了这个后现代的时髦。

程尚逊《从几个说法谈起》：

> 张曙光的《西游记》、臧棣的《书信片段》、王家新的《伦敦随笔》、孙文波的《散步》、《聊天》、欧阳江河的《一九九一年夏天谈话记录》、西渡的《一封寄自拉萨的信》，这些作品中的个人视觉，词语手段，无论如何都是可感的，它们基

① 参看《在北大课堂读诗》相关解读，洪子诚主编《在北大课堂读诗》，长江文艺出版社2002年版。

② 《九十年代诗歌关键词讨论》，见洪子诚主编《在北大课堂读诗》，长江文艺出版社2002年版，第395页。

③ 同上书，第396页。

> 本上是从实在的个人经验出发，在非抽象的意义上对物象世界作出的具体描述，以“看见”的特质，能够与我们身处其间的社会生活产生“亲和性”关联，使人们感到它们确不是外在于历史的具体性的，而是通过与“历史的具体”的对话，完成了诗歌应该对于时代有所“承担”的诗学要求，获得了对于历史的负有责任感的加入。因此，所谓的“叙事性”，不过是人们用以描述90年代诗歌某种形态的概括性词语。①

于是，情感也就不再是诗歌的目的，甚至连手段都不是。这样的理智的、叙事的、个人化的写作，欧阳江河有一个现成的词在等着：中年写作。

《写作、意识与方法——关于九十年代诗歌的对话》：张曙光、孙文波、西渡的对话。

> 张：中年写作更为客观，冷静，关注经验多于倾注激情，具有历史感，在对事物的判断上也不执于一端。
>
> 西：中年写作是叙事性的、综合性的、反讽的，与青春写作的抒情、单纯诗歌性质形成巨大的落差。
>
> 张：叙事手法在诗歌的运用，可以在更大限度上削弱里面的抒情因素，在更大限度上包容经验。如果这样说话不算过分的话，我认为叙事性加入是诗歌写作从青春期跨入中年的一个重要的（即使不是唯一的）通道。
>
> 张：正是将语言与具体的物相联系使之达到两者关系的亲和度，成为“叙事性”的基本原则。实际上，这也暗含了对于指责现代晦涩的反对。
>
> 张：90年代诗歌与西方诗歌的距离拉近了……我觉得90年代的很多诗歌可以称之为“情景诗”。因为在一首诗中规定

---

① 孙文波、臧棣、肖开愚编：《语言：形式的命名》，人民文学出版社1991年版。

出一个具体情境，既便于叙事手法的运用，也有利于展示当下的经验。这种所谓情景诗也许能够更好地表现诗人的境遇和经验。[1]

这样就一石三鸟。个人化、词与物的联系、限制抒情。加上日程生活和叙事，所有这些，都是后现代的特征。

沈奇发现90年代的叙事分为两类：一类以口语为主的，民间化的叙事，另一类以书面语为主，学院化的叙事，非常准确。沈奇还担心口语诗在网络时代会变成庸常游戏和大众狂欢的大白话[2]，这倒其实在后现代时代是必然趋势。沈奇说：“从80年代到90年代，从‘口语’到‘叙事’，一大批诗人真的就停在了这里，以为发现了一个天大的诗歌境界，可实际上只是由虚妄退回到了真实，而真实既非诗的起始，也非诗的结束；它可能是一个新的支点，但那找到这新的支点的杠杆，却再也没有发生更大的作用。于是这个支点便转化为一个陷阱——口语者，将诗写成了顺口溜，写成日常生活的简单提货单；叙事者，将诗写成了分行散文分行杂文乃至分行论文，写成现象学的诗型报告。”[3] 确实如此。

知识分子写作，据说，是西川1987年提出的[4]，规定了知识分子写作的内涵：献身精神，真诚态度，大家风范，是使命感和责任感，是对感情和自由的双重节制，是“秩序的原则”。

这些总起来就变成知识分子写作。关于知识分子写作，王家新也有论述。知识分子写作“体现了一代诗人对写作的某种历史性认定，体现了由80年代普遍存在的对抗式意识形态写作、集体反叛

---

① 孙文波、臧棣、肖开愚编：《语言：形式的命名》，人民文学出版社1991年版。

② 沈奇：《怎样的“口语”，以及“叙事”》，《星星诗刊》（上半月刊）2007年第9期。

③ 沈奇：《“口语”与“叙事”：90年代先锋诗歌的语言问题》，《文艺评论》2002年第5期。

④ 西川：《大意如此》，湖南文艺出版社1997年版；陈冬冬：《编者前记》，《倾向》第一期。

的流派写作到一种独立的知识分子个人写作的深刻转变。”[1] 还是从个人写作的角度，从精神的角度定位知识分子写作。而攻击者则准确地点着知识分子写作的穴位：语言。于坚非常准确的指出：90年代“知识分子写作”“是对诗歌精神的彻底背叛”，因为它“使汉语诗歌成为西方‘语言资源’、‘知识体系’的附庸”。[2] 于坚指出：“对于诗人写作来说，我们时代最可怕的知识就是某些人鼓吹的汉语诗人应该在西方诗歌中获得语言资源，应该以西方诗歌为世界诗歌的标准。这是一种通向死亡的知识……它毁掉了许多人的写作，把他们的写作变成了可怕的‘世界图画’的写作，变成了‘知识的诗’”。[3] 沈奇说：“以知识或知识分子写作为代表的所谓‘后朦胧’诗歌，打着‘资源共享’和‘与国际接轨’的旗号，重蹈语言贵族化、技术化、翻译语感化的旧辙，脱离当前的生存现实，一味在欧美词根诗风中找灵感挖资源，制造出一批又一批满纸大词虚气洋腔、只见知识不见知识分子精神、只见技艺不知所云的文本，且很快演化为90年代诗歌的主流导向，一时云苫雾罩，唯此为大。”[4] 于坚还揭示了知识分子写作的抢占山头独霸名利的权力欲望。[5] 沈奇说得很对：“读所谓‘知识分子写作’之类的作品，我们无法得到任何可资信任感的审美感受和亲和性的精神感受，只剩下充满了上述种种弊端的技术性操作让人不知所云。谢冕先生指认的那种‘浅薄和贫乏’的缺陷，在这一类文本中可说是比比皆是，而这种浅薄和贫乏又是以所谓‘复杂的诗艺’（程光炜语）为外表，就更加令正常的阅读者生厌。实际上，‘知识分子写作’是纯正诗歌阵营中开倒车的一路走向，他们既丢掉了朦胧诗的精神立

---

① 王家新：《关于“知识分子写作”》，《北京文学》1999年第8期。

② 于坚：《穿越汉语的诗歌之光》，载《1998中国新诗年鉴》，花城出版社1999年版。

③ 于坚：《棕皮手记：诗人写作》，《星星诗刊》1998年第11期。

④ 沈奇：《何谓“知识分子写作”》，《北京文学》1999年第8期。

⑤ 于坚：《真相——关于知识分子写作和新潮诗歌批评》，《北京文学》1999年第8期。

场，又复陷入语言贵族化、技术化的旧辙，且在精神资源和语言资源均告乏的危机中，唯西方诗歌为是，制造出一批又一批向西方大师们鹦鹉学舌的殖民地垃圾文本。”① 以上所论，非常准确。笔者只想补充一点，知识分子写作本质上是个现代主义的写作流派，不过披上了日常经验关注和叙事性强调的外衣，略具后现代风采而已。

总的说来，20 世纪 90 年代的现代主义理论带有浓重的后现代色彩。这是世界潮流在中国的反映。

（二）民间与身体写作理论

中年写作也罢，知识分子写作也罢，身体写作也罢，都是西方的变种。这一点，在 20 世纪末“知识分子写作”与“民间写作”之争中，表现得最为明显。

1998 年程光炜编选《岁月的遗照——九十年代诗选》和 1999 年杨克主编《1998 年中国新诗年鉴》以及“盘峰诗会”的论争，终于将现代与后现代之争推向了公众面前。过程是这样的：“1999 年 4 月，民间诗人与知识分子诗人的冲突终于在被称之为‘盘峰论争’的‘世纪之交：中国诗歌创作态势与理论建设研讨会’上爆发。会上，尖锐的论争代替了平和的探讨，‘民间写作’与‘知识分子写作’的对立达到极点。事情的起因也许要追溯到 1997 年《山花》第 3 期刊登的程光炜《90 年代诗歌：另一意义的命名》，1998 年程光炜编选的‘90 年代文学书系’诗歌卷《岁月的遗照》和洪子诚主编的“90 年代中国诗歌”丛书（六种）。程光炜的文论和两本诗选倡导知识分子写作，对那些民间诗人，以及他们所热爱的于坚、韩东、杨克、伊沙等人的诗歌很少收入，或拒绝收入。为了抵制利用中国‘90 年代诗歌’名义进行某种排他性和独霸文学史企图的挑战，1998 年 10 月，于坚、韩东、杨克等人在广州针对

① 沈奇：《秋后算账——1998：中国诗坛备忘录》，《诗探索》1999 年第 1 期。

性地策划《1998中国新诗年鉴》，以‘民间立场’抗衡北京的‘可耻的殖民化知识分子写作’。”①

在论争中，民间写作准确地指出，知识分子写作是西方语言资源和知识体系的附庸，“某种庞然大物的傀儡”，是“书斋写作”，“翻译语体写作”和“引文写作”②，而“知识分子写作”则骂民间写作是草莽的，痞气的“原教旨主义”。

不过杨四平说得好：“民间写作的西方背景是胡塞尔的现象学，索绪尔的语言学和海德格尔的存在主义，但更多的是解构主义，第三世界理论和后殖民主义，像王家新受惠于布罗茨基、帕斯捷尔纳克和西川受惠于博尔赫斯那样，于坚受惠于弗罗斯特和垮掉派，伊沙受惠于后结构主义。只不过，‘民间写作’认为‘知识分子写作’由于过分强调隐喻和承担，使得日常经验世界难以澄明地敞开。同样强调日常经验的重要，但这两派对其理解是存在分歧的。”③ 其实，中国现代主义和后现代主义之间的差别并不像我们想象的那么大。最大、最根本的区别在于修辞方式的区别，即是否大规模使用隐喻。

民间写作，又一个了虚乌有的和诗歌了无关系的名词。民间这个概念，如果要寻根溯源，根据新诗来源定理，当然还是从西方来。后面我们还要说到巴赫金的民间概念。从巴赫金那里可以看出，民间作为与官方对立的概念，它在西方是受到褒扬的概念。民间意味着世俗，它对抗神学僧侣世界；民间意味着底层，它对抗上层统治阶级。在文化观念上，民间对抗僧侣的禁欲，它是放纵情欲的。民间对抗精英文化的优雅和细腻，它是粗糙而野蛮的。民间对抗上层的统治，它是自由而奔放的。所有这一切，都和西方历史和

① 王义杰、李全：《论“下半身”诗歌流派的产生及理论主张》，《保定师范专科学校学报》2004年第1期。

② 于坚：《穿越汉语的诗歌之光》，见杨克主编《1998年中国新诗年鉴》，花城出版社1999年版。

③ 杨四平：《中国新诗理论批评史论》，安徽教育出版社2008年版，第259页。这里利用了杨四平搜集的一些材料，特此致谢。

文化的演变相吻合。但是，这虽然使民间概念盖上了西方的合格证，但是却未必和中国的实际相吻合。

首先，在中国古代，文化上并不存在一个独立的民间文化。既不存在一个与僧侣文化相对立的世俗文化，也没有一个与贵族文化相对立的平民文化。中国古代既没有强大的宗教势力及相对应的宗教文化，也没有一个稳定的贵族阶层。孟子说，“君子之泽，五世而斩”。战国时候贵族制就衰颓了，六朝曾有过一段贵族制的复兴，但随着唐朝科举制度的日趋完备，贵族制的残余也慢慢消失了。宋朝以后更是平民社会，只有皇帝是世袭的。在文化上，中国古代并没有所谓独立的民间文化。由于没有宗教，中国文化本身就是世俗文化。所谓的古代通俗文艺，也不存在与贵族文化相对立的正统观念以外“民主性”的因素。这一点，看一看宋元话本、元杂剧以及明清大量的通俗小说和戏曲传奇便一清二楚。民间文学更是子虚乌有。以前受西方影响，说《诗经》是民歌，但根据朱东润的研究，《诗经》和民歌相差不啻万里。汉魏六朝的民歌，也很复杂，哪些是民歌，哪些是文人作品，根本分不清楚。中国近代以来以顾颉刚为代表的民间文化论，发展到“左”的文艺理论指导下的新民歌论，直接产生诗歌史上的大笑话，那就是新民歌《红旗歌谣》的出版。《红旗歌谣》的出版证实了所谓民间文学是一个彻头彻尾的谎言。

至于中国当代，在文学界曾经是文联作协为代表的官方一统天下，确实对文学发展有不少负面影响。尤其在朦胧诗时期，对优秀的诗人进行打击，对不同的声音进行压制，自损了声誉。进入90年代以后，大学接管了作协的权力，作协当了配角。不过作协也没有完全消失。有意思的是，当时提倡民间写作最起劲的却是在文联工作的于坚、韩东和谢有顺。新世纪又有在文联工作的李少君提倡草根性。在我看来，所谓的知识分子写作和民间写作，除了诗学观念、写作方法上确有分歧，更重要的恐怕还是权力之争。知识分子写作和民间写作分别代表执掌主要文学权力的大学与沦为配角的文联，他们的争论也就是大学和文联的权力之争。当今主要的文学刊物还在文联手里，那才是真正的官方。哪来的民间二字！民间永远是沉默的。在中国要争得发言权，谈何容易！杨远宏说得不错："在现今果真有'民间写作'这回事吗？在一个国家权力、意识形态和商业文化已无所不在的社会，还有没有一个'纯粹'的'民间'？"①

值得关注的是"民间写作"的后现代倾向。有人注意到这一点："后现代语境形成了一种整体的文化氛围，渗透到中国社会的各个方面，而置身其中的新诗'民间写作'也在很大程度上受到这种语境的感染，在不少方面都表现出浓厚的后现代主义色彩。一个明显的表现就是抛弃现代主义诗潮的精英立场，立足民间，远离形而上的思考，从日常生活中发现诗意，提倡口语写作，在内容与形式上都颠覆着现代主义诗歌的精英姿态。"② 确实如此。在 90 年代的民间写作，除了在身体写作方面不够典型以外，其他方面基本具备了后现代写作的所有形态。不过民间写作也已经有了韩东 1991 年的《甲乙》和杨黎 2000 年 2 月（比下半身早）的《打炮》这样的性描写作品。

于坚是民间写作的理论代表。于坚鄙夷"知识分子写作"，认为"那是对诗歌精神的彻底背叛"。笔者同意这个评价。于坚提倡口语写作，又说，"下个世纪开始的中国伟大的文明复兴，它的眼光应该是朝向过去的"。于坚推崇汉语的美，反对用翻译语写作，又说，"诗歌的标准许多已在中国六七世纪全球诗歌的黄金时代中被唐诗和宋词所确立"。这都体现了于坚对诗歌的真知灼见。但是于坚提倡一个莫名其妙的"民间写作"，还说"诗人写作是神性的

---

① 杨远宏：《暗淡与光芒》，见王家新、孙文波编《中国诗歌九十年代备忘录》，人民文学出版社 2000 年版。

② 王兰伟、陈永琳：《后现代语境中的当下新诗"民间写作"》，《世界文学评论》2007 年第 1 期。

写作"，[1]很可惜，这些又体现出于坚诗学观念的混乱。

除了于坚所说的诗歌写作是一种神性的写作，韩东对民间的定义也来源于神秘主义："首先，它的作者是完全的个人，是个人对他的创造完全彻底地负责。同时它不被传统和民族大众的审美倾向所束缚，在时间上不指向过去，不指向具有数千年文明史血脉流传和肉体繁衍的大地。它不投靠传统、民族和人民混合构成的庞然大物。在此比照中，民间再次证明了它至关重要的独立性。它与民俗风情无关，与喜闻乐见无关，与口口相传无关，立足于现实存在，面向未知与未来。它的任务不是传承、挖掘和在时间中的自然变异，而是艺术为本的自由创造。"[2] 这说明后现代主义还和现代主义纠缠在一起，没有清晰地分化出来。

不过我们看一看这句话："正如伊沙诘问西川时所说，为什么是思考而不是感受？"有意思，这一句话概括了所有的争论。而由此推理，"'后口语'诗人与世界的关系是相互感知的，是感性的、灵感的、冲动的而不是思考的、理性的、征服的、穷尽的。而这种感性，这种灵感突发，不正是后口语诗歌原创性的前提和保障吗？现在想来，几乎是一种必然，感受的方式带来冲动，带来原创的体验。"[3]于是"民间"诗人推崇天然、感性，而最"感性"的无疑就是欲望本能即"性"了。"性"在民间诗人那里成了灵感与感受的来源，我们也不妨引用一下南人的《对秋天的威胁》：

忸忸怩怩的秋天/你知道灵感拔出诗歌是什么结果/你知道种子拔出泥土是什么结果/你知道乳头拔出嘴唇是什么结果/你知道芦花拔出芦苇是什么结果/你知道钥匙拔出锁孔是什么结果/你知道烟头拔出香烟是什么结果//你知道麦克风拔出卡拉 OK 是什么结果/你知

---

① 于坚：《穿越汉语的诗歌之光》，见杨克主编《1998 中国新诗年鉴》，花城出版社 1999 年版。

② 韩东：《论民间》，见杨克主编《1999 中国新诗年鉴》，广州出版社 2000 年版。

③ 沈浩波：《后口语写作在当下的可能性》，见杨克主编《1999 年中国新诗年鉴》，广州出版社 2000 年版。

道男人拔出女人是什么结果//听见没有/你再在那里叫个不停/我就马上把我自己从你身上拔出/让你一下子变回春天。

这可谓典型的薛蟠体。

再看一看伊沙的语言风格。“所谓知识分子写作让我想起了女性文学的提出，我对女性文学的感受同样适用于知识分子写作：作为男人，我平时很少想起也根本不用强调自己裤裆里究竟长了什么东西。”“金斯堡从来不说什么‘中年写作’，‘晚年写作’，只要能操得动诗就能写得出来。”这些人，一方面神化诗，另一方面又亵渎诗。伊沙有一首《风光天限》：

老婆不在/大胡子卡尔/扔掉毛笔/脱去燕尾服/溜进了厨房/把那正削/土豆的女仆/压在地板上/直喘粗气/这算不算/一个阶级/在压迫/另一个阶级

笔者不知道为什么有人会认为这样的诗比薛蟠的诗更深刻。笔者觉得这首诗仅仅反映了阶级性，而薛蟠的诗反映了普遍的人性，所以更高一层。

再看“冷峻”的韩东如何写诗：

她（乙）从另一边下床，面对一只碗柜/隔着玻璃或纱窗看见了甲所没有看见的餐具/为叙述的完整起见还必须指出/当乙系好鞋带起立，流下了本属于甲的精液（《甲乙》）

我们再看两位民间立场诗人的诗作：

哎，再往上一点再往下一点再往左一点再往右一点/这不是做爱，这是钉钉子……为什么不再舒服点。（尹丽川《为什么不再舒服一点》）

在高高的红桃 A 之上/是另一张高高的红桃 A/在红桃 A 和

红桃A之间，整个世界/正静静地等候着：公元1980年8月3日夜/下着毛毛细雨，有点风/我打响了我生命中的第一炮/四周一片漆黑/只有我充血的龟头泛着微微的红光（杨黎《打炮》）

这种对欲望、本能的推崇已到了何等的地步。

如果说，第三代的“非非”还是在现代与后现代之间摇摆，在90年代现代主义和后现代主义纠缠不清，那么，进入新世纪，后现代终于从理论到实践以纯粹独立的面目出现了。此时，批评家纷纷为新时代命名。张颐武又一次未卜先知地提出，新世纪诗歌与90年代又发生了重大变化。他认为，在“全球化”取代“现代性”条件下的“大历史的文学想象”会有变化。认为20世纪末的诗歌已经处于“现代性”与“后现代性”的纷争中，当“后现代性”崛起之时，也就是“新时期文学”寿终正寝之时和“新世纪文学”真正奠基之日。[①] 汪晖认为：“二十一世纪是新的产业革命的时代，是解决人口和生态问题的时代，是文艺或宗教复兴的时代，是经济中心转向太平洋的时代……文明的冲突将主导全球政治。”[②] 这都很有道理。

沈浩波最早对知识分子写作开炮，针对当时甚嚣尘上的知识分子写作，以及学院批评家与现代主义诗人勾结起来，一统天下的趋势，批评知识分子写作：“他们不仅仅写着糟糕的装神弄鬼的、糊涂虫般的诗句，不仅仅披着所谓‘叙事功能’、‘具体’、‘准确’、‘诗学抱负’之类大帽子式的东西，做着故弄玄虚、装酷玩深沉的所谓‘诗学评论’，他们还正试图用他们这些‘宫体诗’式的东西、毫无生命力的东西去占领整个当下诗歌语境，去涂改90年代中国诗歌的成熟。”[③] 为自己的下半身写作做舆论准备。徐江、沈浩波、朵渔《三

① 张颐武：《大历史下的文学想象——新世纪文化与新世纪文学》，《文艺争鸣》2005年第2期。

② 汪晖：《当代中国的思想状态与现代性问题》，《天涯》1997年第5期。

③ 沈浩波：《谁在拿“九十年代”开涮》，《中国图书商报》1998年10月30日。

人谈：后口语写作与九十年代诗歌》，也做出了新的姿态。①

新世纪的第一年，成为了下半身写作的开场白，不知道这对这个新世纪有什么象征意义。在小说和诗歌领域，两大下半身写作一起出现。卫慧、棉棉等“新新人类”以女性性体验写作轰动全国，然后沈浩波创办《下半身》，宣称“身体觉醒的时代开始了”②。

伊沙说：“从身体写作的观念出发进而提出‘下半身’的做法绝对是智慧。”③

为什么要提倡下半身写作？下半身写作“首先意味着对于诗歌写作中上半身因素的清除”，其核心“就是诚实地遵从肉体法则”，“以‘选择’的可能性对抗社会的‘给定性’，以激情、疯狂和热情来捍卫人的原始力量。”④

女诗人巫昂说：“我在2000年之后的诗有一个比较坚定的主题，那就是写性，女性的性。”⑤

看看相关诗作的名字，就能想象内容是什么，内容就不照录了：韩东《甲乙》，杨黎《打炮》，李师江《校园记忆》、《一个臀部很大的女人》，阿翔《惯性》，马非《恶作剧似的改写》，阿斐《阴茎》、《交易》，南人《压死在床上》、《干和搞》、《伟哥进入中国市场》、《奸情败露》、《吃冰棍的女子》、《看芭蕾舞》，尹丽川《花天酒地》、《为什么不再舒服一点》，沈浩波《一把好乳》、《朋友妻》、《肉体》、《失败得很》、《牛逼的事情》、《他想把我办了》、《淋病将至》、《怀念一只鸡》、《一日千里》、《临终遗言》、《静物》、《肉体》，戴华《我想看清一位美女》，盛兴《床单上的图

① 徐江、沈浩波、朵渔：《三人谈：后口语写作与九十年代诗歌》，《葵》民刊1999年8月。

② 沈浩波：《下半身写作及反对上半身》，《下半身》创刊号2000年7月。

③ 伊沙：《现场直击：2000年中国新诗关键词》，见杨克主编《2000中国新诗年鉴》，广州出版社2001年版，第428页。

④ 沈浩波：《下半身写作及反对上半身》，《下半身》创刊号2000年7月。

⑤ 巫昂：《我为什么写性》，见黄礼孩、江涛主编《诗歌与人：2002年中国女性诗歌大扫描》民刊，2002年版，第385页。

画》、《路边店》，轩辕轼轲《李海燕到北京去了》、《要想知道梨子的滋味》、《是XX，总会XX的》，余丛《生活在南方》，巫昂《乐趣》，安石榴《我为什么叫做石榴》，黄礼孩《北京》，胡续冬《hola，胡安》、《诗歌的债》，杨顺礼《记录》，姜诗元《黑雾》，车前子《画梦录》，伊蕾《独身女人的卧室》，唐亚平《黑色沙漠》、《黑色沼泽》，等等。这里头伊蕾、唐亚平、车前子，当然也是比较早成名的。

与之相对称，出了不少口号式的言论。沈浩波：“我们亮出了自己的下半身，男的亮出了自己的把柄，女的亮出了自己的漏洞，我们都这样了，我们还怕什么。”[①] “那些相信和追求崇高的写作为我所不齿，那些期待拯救的写作也为我所不齿。”“诗歌的悲悯情怀是诗人最可耻的一种情怀。”[②] 沈浩波要扫除一切“知识、文化、传统、诗意、抒情、哲理、思考、承担、使命、大师、经典、余味深长、回味无穷。”[③] 同文中，“有时所谓的抒情其实只是一种可耻的自恋。”一种“低级趣味”，是对“灵魂上那一堆令人恶心的软肉的抚摩”，“要让诗意死得很难看”。

朵渔认为70后诗人：“背景——生在红旗下，长在物欲中；风格——雅皮士面孔，嬉皮士精神；性爱——有经历，无感受；立场——以享乐为原则，以个性为准绳。”[④] “用诚实一词基本可以概括：诚实于自己的身体，诚实于文字，与一切没有身体的、没有道理而只是为了炫耀的说谎的东西为敌，去掉虚伪的掩饰，去掉空幻高蹈的丽词，简单、清晰。”[⑤] 他还说：“什么样的诗歌都可以，关键是写作时的轻松愉快。”[⑥] 凡斯认为：“为阅读的快感而写作”，

---

① 沈浩波：《下半身写作及反对上半身》，《下半身》创刊号2000年7月。

② 沈浩波：《一把好乳》，自印诗集序《我的诗歌有道理》2002年。

③ 沈浩波：《下半身写作及反对上半身》，《下半身》创刊号2000年7月。

④ 朵渔：《我们为所欲为的时候到了》，《诗文本》（四）2001年。

⑤ 朵渔：《我现在考虑的下半身》，《2000年中国新诗年鉴》，广州出版社2001年版。

⑥ 朵渔：《关于“ ’70后诗歌”的十个问题》，《扬子鳄》2000年第1期。

快感是“原创艺术的根本。”[①] 安石梅认为：“眼下，‘写作’和其他艺术行当一样，已逐渐形成了一个游戏场。”[②] 尹丽川：“如果我写作时不能感到快乐，为什么要写？”“只有找不着快感的人才去找思想”，“只有找不着身体的人才去找抒情”。大同小异，不一而足。

按照新诗来源定理，我们照例到西方去看一看，寻找中国现象的西方根源。

第三节　后现代哲学的当代形态

（一）现代性与后现代主义

自苏格拉底与柏拉图后，西方文化除了形而上学的存在，最重要的特征即主体和客体的对立及其主次关系，在此背景下，理性和宗教或斗争或融合，在西方文化的舞台上轮番演出了两千余年。在西方中世纪宗教占绝对统治地位，有宗教裁判所对理性进行打压，对哥白尼和布鲁诺进行打压，哲学成了神学的婢女，经院哲学成了《圣经》的一个注脚。文艺复兴以后，理性复苏，取得独立地位，并不断排挤宗教在西方文化的位置，出现了理性对宗教的反叛。经历启蒙运动以后，理性对宗教取得了绝对胜利，宗教在文化上的地位一再下降，在

---

① 凡斯：《原则性写作》2001 年 4 月第 2 期。其他资料：李师江《下半身的创造力》，余丛《二十个词语构成》，《诗文本》2000 年 7 月，总第二期；朵渔《读诗笔记之·碎思录》，见李永毅主持灵石岛诗歌网站；黄礼孩《与诗歌相关的生活》，《诗选刊》2001 年第 8 期；姜涛、胡续冬、冷霜、蒋浩《四人谈话录》，《偏移》第 9 期，沈浩波《诗歌的’70 后与我》，《诗江湖》创刊号，2001 年；安琪《他们制造了自己的时代》，《’70 后诗人诗选》，海风出版社 2001 年版；世宾《混沌时代的诗歌写作》，《诗歌与人：中国 70 年代出生的诗人诗歌展》，2001 年；安石榴《七十年代：诗人身份的隐退和诗歌的出场》，《’70 后诗人诗选》，海风出版社 2001 年版；马策《诗歌之死》，《’70 后诗人诗选》，海风出版社 2001 年版；朵渔《需要在诗歌中呆多久：网络诗帖随感》，《诗江湖，2001 网络诗歌年选》，青海人民出版社 2002 年版；昌切《“70 年后”诗刊的原创宣言》，《武汉晚报》2002 年 3 月 5 日，等等。大同小异，尽可参考。以上转自罗振亚搜集的相关材料。有关新世纪下半身写作的相关材料基本上均来自罗振亚，特此说明。

② 安石梅：《七十年代：诗人身份的隐退和诗歌的出场》，见《’70 后诗人诗选》，海风出版社 2001 年版，第 346 页。

社会生活文化上的地盘越来越小，理性凯歌高唱，宗教局限于一隅，眼看理性把宗教彻底驱逐出人类生活之外了。然而不然，宗教改头换面，以神秘主义的因素渗透到西方文化的各个方面之中。在哲学上，它化成了笛卡尔的精神、黑格尔的绝对精神，在文学上，它化成浪漫主义，后来又化成了笔者前面重点批评过的现代主义。宗教一直在力图反扑，重新压抑理性，而这时理性本身也遭遇了经验主义的猛烈攻击。洛克和休谟的经验主义是一种真正解构的哲学，到尼采手里就成了攻击理性的利器。理性和宗教的关系这时我们看得更清楚了，它们并不是简单的对立关系，而是你中有我，我中有你的。理性和宗教又经常携手合作，在康德那里，理性和宗教各有地盘，理性管现象界，宗教管物自体，相安无事。

可经验主义不管不顾，一味猛攻，尼采、弗洛伊德之后，经验主义者维特根斯坦干脆要取消哲学，取消形而上学。这样，英美经验主义蔓延到德国（尼采、维特根斯坦），又蔓延到了法国（福柯、利奥塔、德里达），使德法理性主义名存实亡。20世纪胡塞尔挺身而出，为理性主义招魂也无济于事，对理性主义的解构已成大势所趋，而宗教也随之无藏身之地。

不仅如此，20世纪哲学不管是经验主义者维特根斯坦、福柯还是理性主义者胡塞尔，都对两千年来西方文化的核心：主客对立及其主次关系发起了猛烈地冲击。20世纪真是天崩地裂的世纪。后现代主义也正是在这样的背景下登上了历史的舞台。

后现代主义，顾名思义，是针对现代主义的，而现代主义又不能不提现代性，即什么叫现代性呢？

先谈现代，西方的现代就是指从文艺复兴，经启蒙运动，一直到20世纪50年代，实际上指的就是资本主义从产生，发展而走向现代化的过程。现代化的过程就是商品化、城市化、官僚机构化和理性化的过程。[①] 如果结合我们刚才论述的，就知道，诚如韦伯所

---

① 冯俊等：《后现代主义哲学讲演录》，商务印书馆2003年版，第2页。

言，现代化就是理性化的过程，现代性就是理性。商品化、城市化、官僚机构化都附着于理性化，都是理性化的副产品。现代性体现的理性和启蒙的精神，五百年来覆盖了全世界。有了这个认识，我们就能更清楚地了解后现代主义，也能更清楚地了解现代主义和后现代主义在文学上的关系。

根据韦伯等人的论述，现代性以理性为核心，以人的主体性为基础，对知识和科学推崇备至，寻求意义，普遍运用二元对立的方法。这些特征，使现代性高歌猛进，也遭遇到越来越多的问题。到20世纪，现代性可以说内外交困，受到了越来越多的批判。

首先，现代性带来很多积极效果，一方面，现代性提倡人的解放，推崇知识，普遍提高人类的文化生活水平，在政治上，实现法制化和自由平等。同时，法制化的市场经济和科学技术的迅猛发展，使社会经济超常发展，人们得以享受以前梦想不到的物质生活和休闲时间，可以说，现代性带给人类很多。另一方面，也要看到现代性的负面影响。

结合高宣扬的概括，[①] 加以笔者自己的理解，我们重点把马克思、涂尔干、韦伯对现代社会的描述加以介绍。

马克思分析了资本家私人占有制同大规模机械工业的生产力的关系，指出资本家的利润源于工人的剩余劳动，而私人占有制必然造成整个社会生产的无序化，因此这种无序化到了一定程度必然会造成生产的相对过剩，从而爆发经济危机。

涂尔干考察现代社会时，着重从个人与社会整体的相互关系区别于传统社会的特征。一方面，由于社会的高度分工，它与思想上的个人自由的要求相结合，从而是个人自由和社会组织均获得发展。但启蒙运动对宗教的批判，只是表面上压制了宗教的影响，宗教改头换面潜入各个方面。以“人本主义”而言，便成了一种将个人神话的宗教。与现代性高歌凯进的同时，各种神话如影随形，理

---

① 高宣扬：《后现代论》，中国人民大学出版社2005年版，第30—118页。

性本身成了神话，进步成了神话，科学技术也成了神话，连资本主义都成了神话，也就是，现代性以理性为核心，却无法阻止自己走向反面，这是一个黑格尔式的悖论，这也是现代性必然崩溃的原因。[①] 大家也因此可以理解波德莱尔的现代主义内容及其与现代性的关系。

但笔者认为韦伯是对现代性分析最为精当的学者，韦伯在分析资本主义社会的基本特征时强调它的合理化历史过程的特点，集中分析了整个资本主义社会在社会制度、社会行动和文化生活各个领域所贯彻的合理化过程及其制度化成果。韦伯对于资本主义科层制度的分析，典型的揭示了现代社会在社会组织方面的基本特征。韦伯对于现代社会所进行的社会学分析的最大贡献，就在于深入揭示了现代社会中个人行动进行合理行动的基本机制。在这里，他区别了生活在现代社会中的个人行动者的个人自由价值观、行动动机和整个社会合理化要求的界限及其相关关系，从而通过社会行动的典范分析而凸显了现代社会的合理化和个人自由特征。[②]

可以说，韦伯抓住了现代性的最根本最核心的特征，即理性化。当然，伴随而来的有其他很多次要特征，如与之相关的主体性、还有意义空间、深度追求、经济生活、国家机构等，但无不以理性为内核，个人的主体性也以此为限，与涂尔干所论不一样，合理性最核心。

后现代与现代的关系是暧昧的，复杂的。后现代从时间上指的是20世纪60年代以后，西方的“后工业社会”时期。这个时期，信息、高科技、媒体、消费都处于高度发达状态，而所有这一切，实际上又拜现代化所赐。虽是“后工业”，实际上是工业社会的延续，也是理性化的高度发达时期，因此这个时期产生的后现代思潮，与现代性，与现代主义有什么关系也就不言而喻了。

---

① 涂尔干：《论社会的劳动分工》，转引自高宣扬《后现代论》，中国人民大学出版社2005年版。

② 高宣扬：《后现代论》，中国人民大学出版社2005年版，第31页。

但后现代对现代性又有严厉的批判。后现代认为："资本主义现代化给人民带来无数的苦难，工业化造成了对于农民、无产阶级和工匠的压迫，妇女被排除在公共范围之外，帝国主义的殖民统治导致了种族灭绝和大屠杀的政策。现代社会也产生了一整套惩罚的制度和实践。现代性使理性走向了它的对立面，使自由走向了压迫和统治。"① 从这里可以看出，后现代对现代的复杂态度以及事实上对现代性核心价值的维护。

根据高宣扬的概括，后现代主义有如下特征：

第一个特征，在社会形态上，"在这种社会中，靠高科技力量符号化、信息化、复制化的人为文化因素越来越压倒自然的因素，各种事物之间的差异的界限模糊化，因果性和规律性为偶然性和机遇性所取代，休闲和消费代替生产，娱乐和游戏取代规则化和组织化的活动，生产形势日益多元化，社会风险性增高，原来传统社会中的一夫一妻制为基础的社会基本单位'家庭'正逐步瓦解和松懈。个人自由极端化，各种社会组织也逐渐失去其稳定性，各种组织原则不断地受到批评。"②

第二个特征是，"一切都被数学化、符号化及商品化，不能数字化、计算机化的知识，几乎不被看做知识，同时知识全部商品化，知识的发现和传授变成知识的生产和销售，学习知识成为一种知识消费过程，完全是一种商品交换关系。"③

其实，还有第三个特征，即社会生活的高度组织化，即福柯所说的权力的眼睛无处不在。

后现代最关键的特征是其文化特征："颠倒文化的原有定义，反对传统标准文化的各种创作原则，扬弃传统的语言，意义系统，形式和道德原则，走向零散化、边缘化、平面化、无深度，通过各种炫目的符号、色彩和光的组合去建构使人唤不起原物的幻想和影

① 冯俊等：《后现代主义哲学讲演录》，商务印书馆2003年版，第3页。
② 高宣扬：《后现代论》，中国人民大学出版社2005年版，第29页。
③ 冯俊等：《后现代主义哲学讲演录》，商务印书馆2003年版，第7页。

像，满足感官的直接需要。”①

在思维方式上，后现代也有自己的特征。“传统文化一向认为：只有依靠理性逻辑思考，才能掌握真理。后现代社会文化现象的高度不确定性，后现代社会文化现象高度象征化的结构特征，使追求固定的真理体系的各种认识活动失去了意义。”② 因此，后现代呈现出“不确定”、“模糊”、“偶然”、“不可捉摸”、“不可表达”、“不可设定”、“不可化约”的精神状态、思想模式，品味模式。③归根究底，就是以感性活动代替理性思考。以感性活动代替理性思考同时就是对于主体中心本位主义的传统思考模式的彻底批判。后现代主义强调一种无中心、无主体、无体系和不确定的思考活动，并把这种思考活动直接同实际的行动，特别是同日常生活行动结合在一起，试图彻底克服传统文化将理性思考抽离出实际活动，特别是抽离出日常生活世界的倾向。④

所有这一切，都和席卷世界、方兴未艾的后现代哲学思潮有关。

据笔者的理解，哲学上的经验主义是后现代哲学的源头。经验主义彻底动摇了理性的根基，即使康德和胡塞尔出面挽救也无济于事。到了20世纪，西方哲学开始进攻自己最核心的堡垒：主客对立及其主从关系，到德里达，西方哲学终于自杀成功，被解构成一片瓦砾。

现代性，作为理性在社会各个方面的集中表现，可以说很早就受到多方面的批评，这些批评，除了哲学上的经验主义那一条主线，还有社会学的马克思主义，它自成体系，从十六、七世纪的空想社会主义开始，延续至今，哈贝马斯就是最近的大师。对现代性进行了歌颂的当代学者也不乏其人。这里有启蒙思想家、人文主义

① 冯俊等：《后现代主义哲学讲演录》，商务印书馆2003年版，第7页。
② 高宣扬：《后现代论》，中国人民大学出版社2005年版，第68页。
③ 同上书，第64页。
④ 同上书，第69页。

者、浪漫主义者等，他们连篇累牍地对“启蒙理性”、“人文主义”、“人性解放”唱着颂歌。

哈贝马斯热情高涨地为现代性辩护，他认为，现代性尽管出现了许多问题，但并非都到穷途末路，现代性仍是一项未完成的事业，它仍有许多潜能尚未发挥出来，仍需我们的继续和完成。[①]

哈贝马斯将反现代性的观点称之为“保守主义”，并分别为“老保守主义”、“新保守主义”和“青年保守主义者”。“‘老保守派’不允许自身被文化现代主义所玷污，他们悲伤地观察到实体理性的衰落，科学、道德、艺术的分化，现代世界观和它的单纯的程度上的合理性的分离，因此他们建议退回到现代性之前的位置。”[②]也就是老保守派希望回到工业化之前，但也对理性是推崇的，而不是回到中世纪，那么可以说，是回到文艺复兴时代。新保守派虽然接受西方社会经济的现代化，但是否定资本主义文化的现代化，像丹尼尔·贝尔的《论资本主义的文化矛盾》，他就极力反对现代主义文化，丹尼尔·贝尔反对现代主义的文学艺术，对现代派抨击不遗余力，在哈贝马斯看来，丹尼尔·贝尔、利奥塔、德勒兹等人都是新保守派的代表。

至于“青年保守派”是彻底“反现代性”的。他们全盘否定了理性主义和启蒙运动，而以巴塔耶、福柯、德里达为代表。[③]

后现代主义，根据哈贝马斯的分类，就是所谓的两类保守主义。[④] 从这里看来，后现代主义对现代性的态度是很复杂的，真正反现代性的只有“青年保守派”，而新保守派只是反现代文化，老保守派退得远一点，但也是推崇理性的，他们所推崇的是古典主义的理性。

---

① 冯俊等：《后现代主义哲学讲演录》，商务印书馆2003年版，第3页。

② 哈贝马斯：《“现代性”——一项未完成的计划》，冯俊等《后现代主义哲学讲演录》，商务印书馆2003年版，第4页。

③ 冯俊等：《后现代主义哲学讲演录》，商务印书馆2003年版，第3—5页。

④ 同上书，第5页。

哈贝马斯一方面是著名的现代性维护者，另一方面，他也对理性进行反思。黑格尔早就指出现代性的主体性本质，并对理性的主体性在现代社会中的各种表现进行了详细的分析和批判。[①] 也就是说，现代性除了理性可能异化为工具理性，主体性也可能导致理性误入歧途。哈贝马斯继承黑格尔的批判指出：一方面，社会政治，经济和文化都高度实现理性化、专业化和制度化，人们的物质和精神财富高度繁荣，社会政治生活达成了实质的民主和高度的自由，人们享受着空前未有的休闲和消费的文化生活；另一方面，社会政治、经济和文化的专业化，体系化和制度化又逐渐的脱离日常生活领域和生活世界（world of life），造成了前者对后者的"殖民化"或"宰制"。[②] 正如丹尼尔·贝尔批判了现代性社会的"不合理"现象：经济主宰社会生活，文化商品化日益严重，高科技咄咄逼人，各种技术专家同权力机构相互勾结，并且形成了当代社会特有的科技专制。[③]

这一切，其实胡塞尔早已清楚地看出。胡塞尔一面拯救理性，一面又提出生活世界的概念，并由海德格尔加以发扬光大。这一切的批判可谓切中了西方文化的命脉，抓住了西方文化的要害，西方文化在今天走向的是一个以美国文化为首的文化沙漠状态，而不是文化繁荣，根本原因即在于理性对生活世界的主宰和压制，以及主体间的缺乏沟通。哈贝马斯发现了这一点，他提出的解决方案是以"沟通理性"作为中心概念，提出交往理论，以解决主体性之间、主体与生活世界的沟通，将主体与生活世界结合在一起的解决方案。这个方案仍以理性为中心，这也许是又一个新的失败方案，但也许能重回西方十八、十九世纪的黄金时代。

笔者个人最欣赏哈贝马斯的方案。主体性和理性是西方文化的灵魂。理性崩溃的后果人人皆知，后现代者也心知肚明，因此像哈

---

① 高宣扬：《后现代论》，中国人民大学出版社2005年版，第119页。

② 同上书，第120页。

③ 同上书，第117—118页。

贝马斯这样批判工具理性是最佳方案。而后现代已经用商业化消化了理性和非理性。另外，像福柯之流，消解主体性，甚至以身体作为主体，最后的结果必然是文化沙漠的到来。不如保留主体性，提倡交往理性作为补充，这样结合理性主义和经验主义，西方文化再上一个台阶也未可知。

（二）主体性与后现代主义

后现代没有哈贝马斯这么乐观，后现代对现代性的批判，集中于它的两翼，即从理性和人本主义（即主体性）去批判现代性。

理念世界的建立同时也为主体、客体二分打下了基础。理念世界虽然属于另一个世界，但它同时也是概念、名相，具有思维的特征。据张世英《天人之际》的讨论，西方哲学一直到巴门尼德，还是坚持存在与思维统一的。是柏拉图首先提出“理念说”，才破坏了主客统一，分离了思维与存在、主体与客体。“但他所讲的这两个世界都是人以外的外部世界，他把理念世界理解为外部世界中的普遍性和统一性的方面，把感性世界理解为其中的个别性和多样性的方面，却没有把它们理解为以人的主体为一方，外部世界为另一方的主客二分关系。不能说柏拉图已经达到了主体性原则。”①

柏拉图的理念论虽然没有达到主体性原则，不过，随着基督教的兴起，中世纪基督教哲学算是彻底完成了这一主体化过程，即主客二分在中世纪基督教神学时期才正式完成。

“思维与存在、主体与客体的关系问题在中世纪哲学中所采取的形式，一般地是追问世界是由神创造的还是本来就存在。这里的思维，表现为神和天国，存在表现为尘世。”②关于这一点，我们可以看一看中世纪哲学的集大成者托马斯·阿奎那的实体论。实体论把实体分为三类：上帝是最高实体，第二类是精神实体，而第三类

① 张世英：《天人之际》，人民出版社1995年版，第48页。

② 同上书，第49页。

是物质实体。上帝高于精神，精神又高于物质。[①]这里，精神与物质被非常清晰地分开了，而且都是实体，这才是主客对立的真正含义。

到了近代哲学，哲学独立于神学。上帝从哲学中消失了，至少表面上消失了。三个实体变成了两个。关于主客二分，海德格尔认为从柏拉图开始。中国学者继承了这一说法。但真正的主体的建立应该是从笛卡尔开始。笛卡尔是西方第一个把思维和思维者结合起来的人。从他以后，主体便成了思维着的人。他因此也成为近代哲学的奠基者。

笛卡尔发现“我思故我在”，“我思”与“在”形成鲜明对照。康德割裂现象界与物自体，割裂思维与存在，主体与客体，他同时强调自我的认识的能动性，“人为自然界立法”，人的认识不再是主观符合客观而是客观符合主观，在现象界主客观达到唯心主义意义上的统一。这就比柏拉图和笛卡尔走得更远。难怪福柯要说康德造成了主客体的对立。[②]黑格尔取消物自体，代之以绝对精神，这时主客体统一于绝对精神之下，达到唯心主义哲学的顶峰。

黑格尔以后，西方哲学开始反思主客对立的传统，哲学家们纷纷指责主客二分的思维方式，并在哲学里殚精竭虑地试图消除这一西方文化里最大的二元对立。

尼采便直接提出“放弃主体和客体的概念”[③]，海德格尔继承胡塞尔的观点，发展胡塞尔的生活世界的概念，主张人是生活在世界中的此在，这样就消解了西方哲学传统中的“主体”。到了福柯、德里达的后现代哲学，更是继承了西方经验主义传统，对主客对立发动全面进攻，而进攻的主要办法和海德格尔一样，是取消主体，以消除主客的对立。

---

① 赵敦华：《基督教哲学1500年》，人民出版社1994年版，第381—383页。

② 赵一凡：《西方文论讲稿续编》，三联书店2009年版，第668页。

③ 尼采：《权力意志》第552节，张念东、凌素心译，商务印书馆1991年版，第260页。

海德格尔在《形而上学导论》中认定，柏拉图将逻各斯误认为逻辑陈述，将 physis（存在）与 logos 混淆。海德格尔认为，这一解释造成存在于思维分离，主客对立。海德格尔当然希望主客和谐，而不是分离冲突。[1]这样说来，海德格尔认为主客对立是理性起的作用，而和宗教无关了。

尽管如此，西方以主体性哲学为基础的主客对立思维方法依然根深蒂固，即使在现代哲学里依然如此。

可以看出海德格尔的“先入之见”和胡塞尔的“意向性”的继承关系。这种观点也成了伽达默尔阐释学的基本原理。也就是说，从海德格尔到伽达默尔，虽然都以反主客对立著称，但他们都还是放不下认识的主体。所谓先见，其实就是主体的顽固存在。海德格尔的类似于“存在先于本质”的论述也表明，主体是赋予存在（世界）以意义的来源。归根到底，主体仍然对客体有绝对的统治地位。为什么解释必须有先见呢？因为世界本无意义，需要主体去赋予意义。

西方从古希腊开始，就有人本主义的倾向，刻在德尔菲神庙上的“认识你自己”可说是西方人自我中心的滥觞。公元前五世纪的普罗塔哥拉更是提出“人是万物的尺度”的口号，笔者在前面反复说过，自苏格拉底和柏拉图以后，西方建立逻各斯中心主义，主客分立并建立主从关系，西方人本主义的基本原则就此建立。到了十六世纪的文艺复兴时期，理性开始了摆脱对宗教的扈从地位，出现了明确以个人自由解放为基本目标的新人文主义，这就形成了所谓的主体性，即自由的个人是独立自主、有自觉性和由现代知识所装备的“主体”（subject）。在西方，十八、十九世纪浪漫主义和现实主义将这一主体性发挥得淋漓尽致。“在新人文主义看来，个人要实现真正的自由，要达到启蒙运动所提出的自主性和自觉性，就必须是自己变成为符合标准的‘说话主体’、‘劳动主体’和‘道德

---

① 赵一凡：《西方文论讲稿》，三联书店 2007 年版，第 149 页。

行动主体’。主体性不但是整个人类面对自然界和社会世界保持其中心地位的基本条件，而且也是个人实现自由，并在现代性条件下不断扩大个人自由的基本条件。”① 但是根据韦伯等人的精彩论述，我们发现，现代主体性遭受自身异化和理性限制的两重影响。首先，主体性的无限发展，造成人与自然，人与人之间的无尽冲突，这些冲突无不对主体性加以限制，这是对个人自由的严重限制。其次，规定个人以自由的理性又通过制度化和体系化不断限制和缩小个人自由的领域。对此，西方许多重要思想家加以批判，他们都对后现代主义发生了深刻的影响。这些人就有马克思、尼采、弗洛伊德等人。

马克思深刻地指出，“资本主义的自由基本上是生产资料个人占有的自由和劳动者出卖劳动力的自由，这种自由，使资本主义社会有可能将社会生产力从封建主义奴役制度的桎梏中解放出来，同时也使劳动者有可能自由出卖自己的劳动力。因此，资本主义制度的确立，同时又把刚从封建制度中解放出来的劳动者个人，重新陷入新的奴役状态中。”②

与理性主义者马克思不同，尼采立足于非理性主义，直接对理性主义以及理性的主体挑战。尼采站在非理性的角度，抨击当时文化、文明、教育的一切，抨击各种道德观念均是对人的约束和否定。他反对真理即理性为人生的价值标准，而试图以艺术来取代真理。“真理是丑陋的。我们有艺术，这是为了我们不因真理而招致毁灭。”③ 至于尼采肯定现实世界，这已开了胡塞尔生活世界的先河。

“尼采对于传统人文主义的批判，概括地集中到三大方面。第一方面，他认为，传统人文主义将人性道德化、理性化和逻辑化，

---

① 高宣扬：《后现代论》，中国人民大学出版社 2005 年版，第 122 页。

② 同上书，第 124 页。

③ 尼采：《权力意志》（第 822 节），张念东、凌素心译，商务印书馆 1991 年版，第 599 页。

剔除了人的一切血肉，情感和欲望，使活生生的人性变成基督教文化和道德的牺牲品，成为理性主义和逻辑中心主义的工具。第二方面，人文主义的反自然性质，扩大和膨胀了人性与自然的对立，造成人性同自然的彻底脱离，使人性沦为各种人为文化和道德规则的附属品，第三方面，人文主义对于知识和真理体系的追求，造成了人性对于知识和真理体系的附属地位，也造成了人生审美性质的丧失，恶化了人生的僵化性质，使人生陷入教条的规则和原则的羁绊之中。"①

海德格尔提出"此在"的概念，反对把人当成"抽象化"的对象，"主张从一个一个具体的个人的'此在'出发，去分析和解剖人的生存问题"②。即反对把人归纳出共性和一般特性，反对理性的方法。他继承了胡塞尔生活世界的概念，强调人生实际结构的日常生活性，这样人被抛置世界中，一无所傍，失去了理性和宗教的支持，变得有限而且偶然，但唯有这样才能真正理解人存在的意义和生命的意义。

海德格尔由此提出："语言是存在的家"，③ 并对这个理解存在的唯一通道进行了论述，此在和理解和言谈三者的关系第一次被揭露出来。这样，主体性就失去了先验的强制性，这给阐释学以及后现代主义批判主体性开了又一扇方便之门。

德里达认为，在传统文化，人的主体性的建立依赖于"说话的人"和"理性的人"成为事实的基础之上，而说话的人是以语音中心主义的原则所构成，它保证了人的主体地位，也保障了在主客关系中的理性原则。因此德里达继承海德格尔，从语言入手，揭示在语言缺席情况下"不在场"的人的本质。

"福柯对'人'的批判，对于整个后现代主义的理论和发展方向，都是具有决定性意义的。第一，他继续发扬尼采对于传统人本

---

① 高宣扬：《后现代论》，中国人民大学出版社 2005 年版，第 128 页。

② 同上书，第 129 页。

③ 海德格尔：《路标》，商务印书馆 2000 年版。

主义的批判精神，揭示了一切人文主义所隐含的非人性和反人性的因素。第二，他指明了批判现代人文注意的三个主要重点，即作为认识主体的人，作为权力运作主体的人和作为道德活动主体的人。第三，他具体地将新人文主义分析成不同类型的资产阶级意识形态，并能够针对不同形态的人文主义，揭露他们的历史局限性，特别是对于人性的各种扭曲。"① 这样，从马克思到福柯，西方就基本完成了对主体性的反思和批判。

对现代性另一翼，理性，后现代当然也试图进行清理。

由于西方文化的理性核心地位以及西方文化几千年都以理性为基础的重要特征，因此西方文化对理性的反思总是有点犹豫不决，在西方文化中，经验主义是最先祭起反理性的大旗的，洛克和休谟就是怀疑理性基础的先驱。但经验主义虽然怀疑因果律和同一律，怀疑演绎法的基础和开端，但并不怀疑归纳法，经验虽然缺少了理性先验的合法基础，但经验主义同样属于广义的理性的一个分支，他们对理性实行有限度的信任，他们在思维方式、科学方法上和理性主义没有什么差别。

在西方文化史中真正彻底反理性的还是尼采。尼采不仅推翻了理性主义的逻辑规律，从本质上揭示了理性的非理性来源，而且放弃了理性作为价值标准的特权，从而指向非理性，但尼采的非理性又不是宗教，而是艺术（当然也不排除尼采的神秘主义思想倾向）。可以说，尼采是最彻底的反理性主义者。

后现代主义对理性的批判远远没有达到尼采的力度，这是因为：首先，西方文化对理性的批判已经基本完成。西方对理性的批判，从休谟开始，到叔本华、尼采，理性的基础已然崩塌。到弗洛伊德，不仅把理性的非理性来源落实为欲望与潜意识，非理性蔚然已成为可与理性抗衡的大国。其次，要从后现代与现代性的复杂关系来看这个问题。后现代对现代性不仅仅有反抗的关系，也有继承

① 高宣扬：《后现代论》，中国人民大学出版社2005年版，第141页。

的关系。后现代社会本来就是后工业社会，后现代文化不可能完全割裂对后工业社会的依附关系。后工业社会的理性本质，使后现代文化不可能完全摧毁理性。在任何一个社会，一旦完全摧毁理性，后果也是不可想象的。

因此，后现代社会的性质就是理性与非理性的结合。一方面，高度理性严密控制着社会，就像福柯所说，权力的眼睛无处不在。另一方面，非理性又成了气候，欲望、享受又大行其道。这样，整个西方社会分裂成南北两极，理性和非理性南辕北辙。难怪达利的画要画一双手把人的肢体撕裂。这幅画把西方人的精神分裂具象化了。

不过，也不能说西方人已经精神分裂，无可救药了。实际上，西方人有精神分裂的一面，就像后现代大师们描述的那样。但同时，他们又有统一的另一面。统一于什么？统一于商业。也就是说，理性和非理性统一在商业的旗帜下演出，商品经济成了这个社会最好的黏合剂和润滑剂，使理性和非理性的冲突消失于无形。

后工业社会本身是个高度商业化的社会，第一产业和第二产业的生产成果都要靠商业来消化。尤其是，后现代社会的经济学的关注焦点也已经从生产转向消费，这使得商业的重要性更显突出。可以这么说，商业使得后现代社会的严密控制不那么令人讨厌，因为商业使人从这种不自由的状态中获得了丰厚的回报。同时，非理性的欲望在后工业社会也失去了反叛的力量。商业驯服了非理性。商业使非理性的欲望变成消费，变成色情产业，变成一连串的服务行业。这样，理性和非理性的分裂统一在商业的旗帜下，统一在整个社会和每个个人身上，成为从生产到消费的一个连贯的过程。哪儿来的精神分裂？

所以，后现代对理性的批判不再是尼采式的斩草除根、釜底抽薪，而是集中在哈贝马斯所谓的工具理性方面，也就是对现代科学知识和技术的批判。

“后现代主义对现代科学知识的批判，是20世纪五六十年代开始的。首先是法国的米歇尔·福柯、德里达和阿兰·图雷纳等人；在美国，社会学家贝尔和新马克思主义者马尔库塞等人；在德国，哈贝马斯等人，都分别开展了对于资本主义科学和技术的批判，揭露资本主义知识的‘元叙述’性质及其不正当性。从八九十年代起，后现代主义对于资本主义科学知识和技术的批判，连同他们对于资本主义文化的批判，推进到一个多元化的新阶段。在这一新阶段里，除了原有的著名思想家以外，还出现了布迪厄、鲍德里亚和吉登斯等新的思想家。”①

然而，后现代对科学知识与技术的批判，越来越集中到知识与权力的关系之上，福柯和布迪厄、鲍德里亚和吉登斯即是典型。那么，对理性的批判不仅局限于科学技术，后来加入了信息，而批判的对象也发生了转移，从理性的批判到对主体性的批判。究其原因，还是因为后现代产生的背景是后工业社会，后工业社会赖以生存的核心和基础便是科学技术和信息，后现代对此加以批评，只不过是隔靴搔痒，只敢进行局部的修整，而不敢触及理性的根本，也不愿触及理性的根本。

西方马克思主义也批判理性，但他们只批判理性的异化，而不是理性本身，如霍克海默、阿尔多诺和马尔库塞等人，“他们认为，理性的异化，并不是因为理性本身的内在矛盾的固有的性质所导致的，而是理性在发展过程中，未能正确处理和解决主体和客体的相互关系，造成主客体间的分化或疏离。”②哈贝马斯进了一步，但他的批判也是不彻底的。

弗洛伊德的理论给非理性做了理论上的阐述，但他的理论虽然在后现代社会生活中的影响占据半壁江山，但对后现代主义理论影响不大。可以说，后现代主义针对现代性做了许多批判工作，但重点集中在主体性的批判，对理性的批判则局限于工具理性即各种科

---

① 高宣扬：《后现代论》，中国人民大学出版社2005年版，第146页。

② 同上书，第172页。

学知识和技术信息的批判，而对工具理性的批判又转换到理性主体上来，于是又回到了对主体性的批判。

（三）从精神主体到身体主体

曾有一名学者研究法国当代哲学，用“语言、身体、他者”为书名，这在后面笔者还要涉及。可以说，这三个词语非常精当地概括了后现代主义的特征：语言，后现代专注的中心；身体，后现代开发的对象；他者，解构的逻辑基础，也是后现代的方法论。从这三个方向，我们就可以全面把握后现代，而总的说来，这又是对主体性的批判。

后现代理论很多，比方乔治·巴塔耶对语言的批判，勒维纳斯对无限性的探索，布尔迪厄对知识与权利关系的揭示，德里达的延异与解构，福柯的知识考古学和权力谱系学，等等。下面笔者就重点以后现代重镇德里达和福柯为例，看看他们对现代性的态度及其后现代特性。通过具体的论述，进一步了解后现代主义，以便清楚了解后现代主义文学和后现代文论之间的关系，进一步认识后现代主义对中国诗歌的影响。

以德里达和福柯为代表的后结构主义，或称解构主义，“集中了胡塞尔的现象学，海德格尔的存在解构论，新马克思主义的社会文化批判论，列维—斯特劳斯的解构主义，后期维特根斯坦的语言游戏论，拉康的后弗洛伊德主义以及罗兰·巴特的符号论等各种‘准后现代’的主要思想流派的基本观点。”①

后结构主义的主要学术依承是尼采哲学，但是，“……它比尼采哲学更全面的批判和破坏传统西方文化的语言论述基础；其次，它更集中的解构以主体为中心的西方传统文本主义，更彻底的批判西方传统主体概念，特别是与主体概念密切相关的传统意识哲学；最后，它以游戏策略的灵活应用，将批判和创造高度自由的结合起

① 高宣扬：《后现代论》，中国人民大学出版社2005年版，第236页。

来，彻底的从‘理论和实践’、‘正确和错误’的‘二元对立，二者择一’的传统解决方案模式中解脱出来。”①

总的说来，后结构主义对理性有所批判，但着重点还是主体性批判，德里达对二元对立的批判的超越，与其说是对理性的批判，不如说是对主体性的批判，福柯对疯狂与理性的审视，连他自已都知道这根本不可能动摇理性的根基。后结构在主体性批判上比尼采更进一步，但在理性的批判上，却是大踏步地后退了。事实上，西方文化的困境，靠自身的力量是无法解决的。这也正是西方文化的魅力。

德里达对索绪尔的语音中心论进行了严厉的批判，认为那体现了西方传统的逻辑中心主义，他批判传统的“意义”理论，连带批判了真理理论、正义论、道德论等，打破传统对语言的迷信，揭露语言的运用中权力运作逻辑，实际上还是针对主体性。

德里达说：“传统的‘二元对立’之所以必须被颠覆，是因为它构成了迄今为止一切社会等级制度和暴戾统治的理论基础，作为一种策略，解构在批判和摧毁‘二元对立’的同时，又建构和实现原有的‘二元对立’所不可能控制的某种新因素和新力量，造成彻底摆脱‘二元对立’后进行无止境的自由游戏的新局面”。②

德里达另外为人所熟知的即延异的概念，他把差异（difference）改了一个字母，生造了一个词语延异（differance），德里达的延异，即“产生差异的差异”，这种差异有不断自我增殖的能力，而不是传统二元对立的差异，而且有自我差异化能力，差异本身是语言的特征，语言因差异而存在，而具表达功能。但在德里达看来，差异被二元对立所破坏。当然，德里达想彻底摆脱“表达功能”论，这实际上还是黑格尔的思维方式的体现，这其实是一种痴心妄想。

---

① 高宣扬：《后现代论》，中国人民大学出版社2005年版，第236页。

② 转引自高宣扬《后现代论》，中国人民大学出版社2005年版，第256页。

下面谈谈福柯，福柯对理性和主体性都做了发人深省的深入揭批，他还对身体、性的问题作了文化研究，是后现代里影响最大的人物。

福柯是继尼采以后研究非理性最深入的学者，对于正常/反常的二元对立，福柯指出："现代社会颠倒黑白、混淆是非的文化体系，正是从现代社会将原本正常的人迫害成'异常'的精神病患者的残酷事实开始的。"① 不过，这种批判并没有动摇理性的基础。疯癫，只不过是理性的另一种表现，理性通常通过压制疯癫来取得正确性，还是主体性的体现。正常/反正常的二元对立，仍是主体性问题，疯癫与文明也是二元对立，也是主体性问题，福柯解救疯癫，目的不是要否定理性和文明，而是消解理性中心。福柯和尼采是不同的，福柯没有揭露理性的非理性本质，反而强化了理性的合理性，只不过揭露了疯癫的被迫害和被压制的真相，以及疯癫从正常走向反常的过程而已。

福柯说："所谓'思想'，我认为就是在各种可能的形式中建构真理和虚假的游戏，并因而建构作为认知主体的人。"② 这说明，福柯的目标确是主体性。把主体当成思想的目标。福柯等人，从权力的运作入手，揭示出真理、思想、知识的权力结构，从而揭露了隐藏在真理、思想、知识后面的人，揭示了它们的客观性的虚假面目，真理依靠权力和法制而为真理进行论证，这就是权力和真理之间的关系。也是福柯揭示监狱、学校、精神病院、医院等权力机构的原因。

对理性的主体批判的后果，就是使精神退出，肉体凸显。下面笔者谈一谈身体这个后现代的又一中心话题。身体从幕后走向前台，它和后现代的占据文化中心地位的过程同步，也是现代性走向后现代性，西方文化的德法理性主义被经验主义同化的过程。当然

① 高宣扬：《后现代论》，中国人民大学出版社 2005 年版，第 287 页。
② 同上书，第 314 页。

更是哲学意义上的主体终结的信号。

杨大春说：“早期现代哲学表现为主体形而上学，而自后期现代哲学以来，出现了主体形而上学的解体，其原因或后果之一乃是身体地位的突出，这意味着经验，即感性经验的恢复和张扬。”“法国早期现代哲学从总体上看是意识哲学，重视的是内在心灵，在纯粹身体纯粹心灵的二分中抑身扬心，把感性或者经验的身体纳入到观念的秩序中，让它受制于意识主体的支配。”[①] 其实，不光法国哲学，德国哲学也这样。

笛卡尔的身心二元论是第一次明确地把身体和心灵区分开的二元论。笛卡尔的“我思故我在”明确地把思维当成不可怀疑的实体，而身体则是可怀疑的。人的身体是有一些肢体和其他类似的一些偶性组合而成。但人的心灵却是单纯实体。身体可以死灭，而心灵或精神是不灭的。[②] 这样，心灵与身体相互独立，都是实体。二者的关系是前者是主体，后者从属于前者。笛卡尔说：“严格来说，我只是一个在思维的东西，也就是说，一个精神，一个知性，或者说一个理性。”[③]“我”等于精神。那么身体呢？身体不过是一架机器，我完全可以把身体排除在外。这是一种极端的“扬”心“抑”身的哲学，笛卡尔的唯心主义哲学由此建立。

身体问题越来越具有核心地位，身体对心灵的主体地位的造反也是从经验主义开始的。洛克强调经验的地位。贝克莱认为存在仅是被感知，感知当然是身体的事，当然如果笛卡尔看来，感知也是精神在感知。休谟对唯理论的批判，也从经验着手，这都为身体的地位的逆转提供了基础。

尼采又是在身体的思考方面是一个划时代的人物。这一点我们

---

① 杨大春：《语言 身体 他者：当代法国哲学的三大主题》，三联书店2007年版，第125页。

② 笛卡尔：《第一哲学沉思录》，商务印书馆1986年版，第12页。

③ 同上书，第26页。

后面还要提及。弗洛伊德主义更是进一步突出了身体的重要性。梅洛－庞蒂说："不管哲学上如何表述，弗洛伊德毫无疑问已经最好的洞察到了身体的精神功能与精神的肉体化。"①

对主体性的批判，对主客二分的批判是20世纪哲学的主流。除了现象学、阐释学走的是意向性的道路，即从精神、意识出发融合主客二分，以法国哲学为代表的后现代哲学走的是相反的道路，即从身体入手，以身体统摄心灵，融合主、客，走出唯心论与实在论的两难困境。"如果把一切归结为精神，世界和身体都被观念化、表象化，人于是成为一个超然的意识主体；如果把一切归结为物质，身体和人就成为了机器。后期现代哲学家于是改弦更张，试图采取某种融合两者的含混姿态：心灵依然有其地位，但身体作为一种区别于一般客体的客体更为突出地显示出重要性。在抛弃唯心论、唯灵论的同时，他们并没有把心灵、精神弃置一边，而是改造传统意义上的身体和心灵概念，把人看作是某种'灵性化的身体'或者'肉身化的主体'，机械的身体获得了灵性和生机，而所谓的内在心灵则被外在化了。"②

其他，像柏格森的"生命冲动、知觉"都带有经验主义的身体色彩。但直到存在主义，身体才真正成为压抑心灵的主体。"萨特和梅洛－庞蒂推进了由柏格森等人开始的对于笛卡尔身心二元论的批判，并由于接受胡塞尔后期思想和海德格尔存在论的影响而建立起所谓'身体现象学'"。③

比萨特走得更远，肉身化主体是梅洛－庞蒂哲学的核心。"萨特依然维持着笛卡尔意义上的二元对立，看到了身体的某种意义，但没有把它上升到主体地位；而梅洛－庞蒂要构建真正意义上的身

① 转引自杨大春《语言 身体 他者：当代法国哲学的三大主题》，三联书店2007年版，第139页。

② 杨大春：《语言 身体 他者：当代法国哲学的三大主题》，三联书店2007年版，第139页。

③ 同上书，第143页。

体现象学，并因此确立身体的主体地位。”①

所谓身体的主体地位，即身体统摄心灵，使身体心灵化，同时心灵肉身化，这种双向进程，使身体提升到世界本位的地位。这说明主体性思维的根深蒂固。

身体本体论颠倒笛卡尔的命题，变成了我在故我思。主体和客体变成一种存在关系，这样就拉近了人与世界的距离。而意向性也变成了身体意向性。看来，它确实是与胡塞尔相反的一条道路。

亨利则进一步把身体主观化、内在化、先验化。在亨利看来，基督教的道成肉身，把罪看作身体的罪，身体是心灵的重负，精神最终要求摆脱身体。但基督教的身体观具有生存论意义。希腊的人文主义把身体看作人的存在的一部分，而它与人之为人的本性相对立，基督教把身体看作偶然的存在。亨利认为，从古希腊到笛卡尔都强调心身二元对立以及身体的卑下地位。

身体哲学走到这一步，下一步便是要清除身体中残余的纯粹意识，恢复生理的、欲望的即物质性的身体的本来面目了。事实上也是如此。尼采的影响便正式登场了。

在西方哲学史上，柏拉图影响了西方文化的各个方面。柏拉图开启了主客对立，并认为理念派生了一切，包括身体。由此形成了一系列二元对立：灵魂和身体，精神与物质，上帝与世界，等等。在柏拉图看来，只有精神世界才是真正意义上的存在。所以柏拉图崇尚灵魂轻视身体；崇尚理念轻视模仿；崇尚真实轻视艺术；崇尚思想轻视感觉。在柏拉图那里，身体贪婪、肮脏、恶劣、愚昧。如果要探讨真理和知识，必须抛开身体。②

所有这些，在尼采看来，就是对生命的谴责。因为生命分享了身体的一切特征：感官、欲望、可变性、生成和变幻。③“我完全

① 杨大春：《语言 身体 他者：当代法国哲学的三大主题》，三联书店2007年版，第145页。

② 汪民安：《尼采与身体》，北京大学出版社2008年版，第105—106页。

③ 同上书，第107页。

是肉体，不再是别的什么。”“在你的思想和感觉后面站着一个强有力的统治者……他住在你的体内，他就是你的肉体。”[1]

针对柏拉图理念的世界是真实的世界，而物质的、感官的世界是虚假的世界的西方正统观念，尼采针锋相对：“虚假的世界是唯一的世界”。他的意思很清楚，即感官的世界是唯一的世界。尼采甚至说：“我完全是身体，不再是别的什么，灵魂只是身体上的某个东西的代名罢了。”[2]

“尼采坚持不变只是对感官世界的肯定，对理性世界的否定。”[3] 这是对的。尼采是反理性的顶峰，而后现代提出身体哲学，则与尼采不一样。后现代反的是主体性，而不是理性。这是后现代和尼采的重大区别。当然，据汪民安的论法，尼采一并抛弃了主体和表象的思想，[4] 不过，后现代对理性的批判确实是有限度的。

身体的登场同时是感官的登场，同时也是欲望的登场。不管是弗洛伊德的明抑暗扬，还是马尔库塞、赖希的明目张胆大肆宣扬，这时，西方文化出现一种“唯物”的欲望观，提倡人的欲望的张扬，人的生命的高举。这是一种享乐的唯物论。

而“性”是身体和欲望的核心。身体、欲望几乎可以用“性”来代替。在西方，把性抬到本体的地位有两派，一派是弗洛伊德主义，西方马克思主义的法兰克福学派受其影响，另一派就是尼采主义，后结构主义受其影响。

比方马尔库塞，著名的西方马克思主义学者，面对西方资本主义的强大势力，便试图从性入手，颠覆西方资产阶级文明。他根据弗洛伊德的理论，提倡爱欲（Eros），以反对逻各斯，爱欲最能体现人的本质，爱欲的解放便是人的解放。解放爱欲也就反抗了逻各

---

① 尼采：《查拉图斯特拉如是说》，译林出版社 2007 年版，第 28 页。
② 尼采：《偶像的黄昏》，华东师范大学出版社 2007 年版，第 21 页。
③ 汪民安：《尼采与身体》，北京大学出版社 2008 年版，第 118 页。
④ 同上书，第 141 页。

斯。而逻各斯就是理性，它与爱欲尖锐对立，成为摧残人性的工具。马尔库赛因此把马克思的理性改造成抵制抽象概念，立足感性实践的理性，认为提倡爱欲，便能实现马克思所谓的“一切属于人的感觉及本性的完全解放。”①

与传统的观点不一样，福柯对“性压抑假说”提出了质疑。福柯通过研究发现，权力机构与其说在压制“性”，不如说在生产“性”。权力机构通过有关“性”的宗教忏悔和自白，通过研究、计算、解释、说明“性”，性话语的形成遭到越来越强烈的刺激，性话语反而在增殖。可以说，权力机构生产了性的知识，同时，通过性知识的生产，它还启示和扩散了性。②

那么福柯研究“性”的目的是什么呢？“福柯的研究，在某种意义上是要摆脱性科学，转而探索性爱的艺术，泛言之生存的艺术。”③“福柯的最终目的是达到审美的生存理想，实际上就是要剥离各种观念或道德的覆盖，恢复活生生的身体经验。在他那里，不管是渲染‘人之死’还是‘作者之死’，让我们看到的都是把经验、欲望、身体从知识和道德遮蔽中解脱出来的要求。也就是说，他在宣布主体意识终结的同时，却极力地扩张了身体主体、欲望主体的地盘。”④ 这非常精辟。

经过西方几代人的努力（学者和民众都通力合作），西方人终于把身体从知识和道德中解放出来，尤其是实现了性的解放。当今西方社会以美国为首，色情肆意泛滥，美国的文化实际上就是色情文化，美国的文化工厂的核心产品就是色情。爱欲变成纯粹自然主义的性欲，所有禁忌一概消失，色情时代已然来临。

美国后现代主义者詹明信说：“一种崭新的平面而无深度的感

---

① 赵一凡：《西方文论讲稿续编》，三联书店2009年版，第627—629页。

② 汪民安：《福柯的界线》，南京大学出版社2008年版，第197—198页。

③ 杨大春：《语言 身体 他者：当代法国哲学的三大主题》，三联书店2007年版，第241页。

④ 同上书，第241—242页。

觉，正是后现代文化第一个，也是最明显的特征。说穿了这种全新的表面感，也就是给人那样的感觉——表面、缺乏内涵、无深度。”[①] 这种平面感和感官性、欲望性直接相关。

詹明信把情感的消逝视为后现代文化的三个特征之一。现代主义的艺术“试图表现的‘疏离、沉沦、寂寞、孤独及社会解体’等主题，被后现代艺术中的物性化追求所取代。”[②]

詹明信认为，传统社会认为俗不可耐的性感明星，体现了后现代艺术的追求，说明在后现代，艺术也已完全物欲化、商品化：“‘明星’本来就是商品化过程的产物，所以作为明星主体的梦露，早就因商品物性而衍变为其自身的‘形象’。”[③] 詹明信为之辩护说：情感的消失并没有否认我们“对事物的感性反应”，而是强化了这种反应：“今天的情感不仅是极度强烈的，它简直就是一种‘强度’，是一种猛烈的欣狂之感。”[④] 这实际上转化为物质上的快感。

在身体主体化的过程中，意识与精神、心灵统统消失了。其结果之一便是“作者之死”。作者不再对作品有掌控能力。他是一个被动的书写者，于是我们发现又回到柏拉图。连迷狂都一样，不过前者是神的旨意使作者迷狂，现在是肉欲的快感使作者迷狂而已。肉欲的快感等于精神的旨意。

作者死了，传统意义上的文本阐释便不可能。布鲁姆和保尔德曼的误读理论和阐释学还不一样。这是后现代的，彻底相对主义的，随心随欲的文本阐释理论。

于是，文本是身体的作品，而不是心灵的产物。德里达说：“文字，就是可口的食物或排泄物，就是死亡之种子或种芽、金钱

---

① 詹明信：《晚期资本主义的文化逻辑》，三联书店 1997 年版，第 440 页。

② 杨大春：《语言 身体 他者：当代法国哲学的三大主题》，三联书店 2007 年版，第 201 页。

③ 同上书，第 442 页。

④ 同上书，第 450 页。

或军械、耗材或/和男根等等的痕迹。”[①] 主体依然存在，意识主体换成了身体主体、游戏主体。

于是，阅读作品成了“身体对身体”的行为。巴特说：“在每一阅读中，都存在着读者和文本的身体对身体关系，读者的欲望融入到文本的欲望中。”[②] 而写作呢？也变成“身体写作”。即不是用心灵写作，而是用身体写作。写作的内容也当然与心灵无关，而纯粹关乎欲望。因此，色情是写作的核心内容。

罗兰·巴特就是这样关注阅读中身体的愉悦。在他眼中，既然文本如同身体，那么阅读就会产生两种愉悦的快感：愉悦和极乐。极乐就是“性快感”。身体也有两种，一种是解剖的身体，一种是极乐的身体，即性爱的身体。阅读就是一种性爱的关系。性，不仅进入写作，而且进入阅读。

这就是后现代的身体写作理论的全部内容。

至此，我们对后现代哲学进行了全面的浏览。后现代对理性有反思，但侧重于反思理性的主体。反思的结果则和现代主义相反，不是以精神统摄肉体，而是以肉体成为世界的主体，精神就被放逐了。下面我们将进入西方文论，看了后现代文论是怎么回事，重点检查一下它的两大基本理论，即拒绝隐喻和身体写作。然后再回到中国的后现代诗歌理论和诗歌，看看它们与西方的继承关系并加以批评。

第四节　西方后现代文论

（一）对隐喻的拒斥：西方后现代文论

前面我们已经介绍了维特根斯坦从根本上对象征（隐喻）的个人性的致命一击。哲学上的先验唯我论的没落必然导致以隐喻象征

---

① 转引自杨大春《语言 身体 他者：当代法国哲学的三大主题》，三联书店2007年版，第208页。

② 同上书，第214—215页。

为核心的现代主义的没落。这一点，前面我们所论甚详，现在再介绍文艺理论方面拒绝隐喻的议论。

苏珊·桑塔格的名作《反对阐释》是一篇有意思的作品。[①] 她的这篇文章体现出鲜明的后现代风格。她首先反对自柏拉图以来模仿理论以及艺术作品有内容的理论，由于这种理论，“阐释的工作实际成了转换的工作”。阐释是对“表面之物的公开的敌意”，“它在文本‘后面’挖掘，以发现作为真实文本的潜文本”，现代阐释的目的是“发现表面之下的真正意义——潜在的意义”。“去阐释就是去对现象进行重新陈述，实际上是去为其找到一个对等物。”“几十年来，文字批评家们一直在把诗歌、戏剧、小说或故事的成分转换成别的什么东西，视之为己任。”这一句话透露出桑塔格的秘密。她显然对几千年来的模仿说不满，不同意作品有内容，并抨击弗洛伊德和马克思，但她主要针对的还是几十年来现代主义流派的文学批评。

前面说过，虽然利科不认为要有阐释，但因为有象征在，则必须有阐释。当然庞德说过，西方文学两千年来都建筑在象征的基础上，但自象征主义以来的文学才真正需要一门现代的阐释学。阐释学和以象征主义为核心的现代主义文学是有密切关系的。而后现代正如哈桑的概括，不再对隐喻感兴趣，变成了换喻（转喻），阐释的必要性也就没那么严重了。后现代的通俗性和它的拒绝隐喻，使得后现代艺术肤浅而透明，当然要拒绝阐释了。

桑塔格说：“今天众多的艺术被认为是受了逃避阐释的鼓动。为逃避阐释，艺术可变成戏仿。或者变成抽象艺术。或者可变成（仅是）装饰性艺术。或者变成非艺术。”总之，是变成后现代艺术。

桑塔格还说：“如今，透明是艺术——也是批评——中最高、最具解放性的价值。透明是指体验事物自身的那种明晰。”毫无疑

---

① 桑塔格：《反对阐释》，程巍译，上海译文出版社 2003 年版。

问，后现代对于现代而言，是透明的。现代的晦涩，迷宫的意义系统，就像遮着层黑幕。这还不仅仅是风格上的差别，而且是一种根本的思维方式和写作方式的区别。后现代是语言游戏，现代是隐喻和象征，是桑塔格所抨击的为现象找一个“对等物”。

桑塔格还在《疾病的隐喻》中对过度的隐喻性思考方式发起了攻击：“我的观点是，疾病并非隐喻，而看待疾病的最真诚的方式——同时也是患者对待疾病的最健康的方式——是它可能消除或抵制隐喻性思考。”[①] 在《艾滋病及其隐喻》里，她一开始引用了亚里斯多德的著名定义，然后承认：“没有隐喻，一个人就不可能进行思考。”接着又说：“但这并不意味着不存在一些我们宁可避而不用或者试图废置的隐喻。”[②] 她显然对那种过度隐喻的思维方式反感。

更有意思的是艾柯的《诠释与过度诠释》。

艾柯“对当代批评思潮的某些极端的观念深表怀疑和忧虑，尤其是受德里达激发的、自称为‘结构主义者’的美国批评家们所采用的那一套批评方法——这种批评方法主要与保罗·德曼（paul de man）、希利斯·米勒（Hills Millers）的著作有关——对他而言，这种批评方法无异于给予读者无拘无束，天马行空的‘阅读’本文的权利。”[③]

与新批评的“意图谬误”概念一样，艾柯提出“作品的意图”，作为意义之源，它不会受制于作者意图，也不会对读者意图的自由发挥造成障碍，显然他接受了新批评的观点。不同的是，艾柯认为应对“经验作者”授予某些特权，以将某些诠释摒除在合法诠释之外。

---

① 桑塔格：《作为隐喻的疾病》，见《疾病的隐喻》，上海译文出版社 2003 年版，第 5 页。

② 桑塔格：《疾病的隐喻》，上海译文出版社 2003 年版，第 83 页。

③ 柯里尼：《诠释：有限与无限》，见伯里尼编《诠释与过度诠释》，王宇根译，三联书店 1997 年版，第 10 页。

艾柯说："说诠释潜在地是无限的并不意味着它可以像水流一样毫无约束地任意'蔓延'。说一个本文潜在地没有结尾并不意味着每一诠释行为都可能得到一个令人满意的结果。""某些当代批评理论声称：对本文唯一可信的解读是'误读'；本文的唯一的存在方式是它对读者所激发的系列反应。"① 这当然指的是保尔·德曼（即保罗·德曼）等人。

同样有意思的是艾柯解释了诠释与象征的关系。

"新柏拉图主义的基督教思想试图解释：由于我们语言的不准确性，我们不可能用清晰的语言来对'上帝'这个概念进行界定。但神秘主义却声称：我们的语言越含糊，越具有多义性，越使用象征性符号和隐喻，它越适合于对那个包孕着重重矛盾的'太一'进行命名。"于是，"其结果是，诠释成了无限的东西。那种试图去寻找一种终极意义的努力最终也不得不向这样一种观点屈服：意义没有确定性，它只是在无休无止地漂浮。"② 这简直就是在说现代主义及诠释学。现代主义用象征和隐喻的目的也不是诗本身的目的，而是为了真理（以真理名义出现的神），诠释学的目的本也不是为文学而设，也是为了诠释存在（以存在名义出现的神），它们都是为神而存在，都是因象征而出现，都是分析哲学要取消的形而上学。诠释学变成接受理论、新批评等文学批评理论，实在是个误会。当然，它们对现代主义很适用，严丝合缝，如量身定做。但一旦出了现代主义，便立刻失效，难怪桑坦格要反对阐释。

艾柯非常精辟地指出：神秘主义者认为"每一个物体，不管是天上的还是地上的，都隐藏着一个秘密：它就会指向另一个秘密。这样不断地运动下去，直接发现那个终极的秘密。然而，终极的秘密是不存在的。秘密主义者所找到的终极秘密是：任何东西都是秘密的。于是，秘密主义者的秘密就变得非常空洞，因为任何人都不能凭空产

① 艾柯：《诠释与历史》，见伯里尼编《诠释与过度诠释》，王宇根译，三联书店1997年版，第28页。

② 同上书，第38页。

生试图揭示某种秘密的意识，而一定是受到了其他力量的激发，因此他对宇宙秘密能获得一种非常粗浅的认识。神秘主义者把整个世界大舞台归结为一种语言现象，并且否定了语言的一切交际功能。"①

这段话真是妙不可言。这说明现代主义在西方当代的没落不是偶然的。

艾柯承认："在神秘主义的非理性模式中孕育着其新的对立面，即现代科学的理性主义。"② 这当然是对的，唯理主义就和神秘主义脱不了干系。经验主义是彻底的唯物论，它反而动摇理性，按尼采的说法，因为理性本来就建立在非理性的神秘主义根基之上。

"新的神秘论非理性主义一方面摇摆于神秘论者与炼金术士之间，另一方面又摇摆于诗人与哲学家之间：从歌德到奈瓦尔和叶芝，从谢林到巴德尔，从海德格尔到荣格。在许多后现代主义的批评理论中，我们不难发现意义'漂浮'与'游移'的观念。"③ 艾柯坚定地说："一定存在着某种对诠释进行限定的标准。"但是笔者说，如果有隐喻（象征，尤其是私人象征），就不可能。

而对可怕的不确定，可怜的艾柯作了两个小心翼翼的假设：

1. 即使某一词比方"无花果"（fig）可以在象征意义上使用，可以有多种解释，最终也得依赖"无花果"这个词某些约定俗成的传统解释。

2. 比方一封信是一种隐喻，作者是一位诗人，读者在其中读出了隐含的建立在个人化诗歌编码基础上的专门适合于这个本文的意义。读者可以得出许多互相矛盾的结论。但一定存在着某种按简洁"经济原则"确立的标准。按此标准，某些假设

---

① 艾柯：《诠释与历史》，见伯里尼编《诠释与过度诠释》，王宇根译，三联书店 1997 年版，第 38—39 页。

② 同上书，第 41 页。

③ 同上书，第 41—42 页。

会显得比其它假设更为有趣。[1]

这显然于事无补。约定俗成的传统解释对现代主义根本无效。第二个假设更不可能，这已经是维特根斯坦讨论过的私人语言。它根本不可能实现畅通。也就是说，可怜的艾柯面对象征主义不去限制文本本身的问题，而去为诠释设立限制，这是本末倒置，缘木求鱼，是根本不可能实现的。当然，诠释本身也有问题，艾柯在另一篇文章《诠释与过度诠释》中描述了神秘主义者对但丁和莎士比亚作品的隐喻方法的诠释。

归根到底，罪魁祸首就在：隐喻。

艾柯还有一个天真的想法：一个隐喻必须是喻体和本体之间有某种相似性，比方可以把阿喀琉斯比作狮子，但如果比作鸭子，大家肯定不会接受。[2] 这个原则在现代主义文学里早就弃如敝屣。

（二）身体写作、后现代与大众文化

在阐释学里，文本相当于胡塞尔的意向性，是连接主体和客体的桥梁；而解构主义认为，文本孤立无依，是自我指涉的体系。阐释学认为意义由作家、作品、读者共同编织，由阅读生成；解构主义否认文本的意义，认为它纯粹是一种游戏，它的目的是令人愉悦或极乐。阐释学认为阅读是视界融合，阅读是创造；而解构主义则认为写作即阅读，阅读即误读。阐释学残存的一点客观性被荡涤干净。

解构主义的这些特征是后现代强调身体感官的本体地位而造成的。感官的快乐就是一切，这是后现代的一个总的方针。

---

① 艾柯：《诠释与历史》，见伯里尼编《诠释与过度诠释》，王宇根译，三联书店1997年版，第51页。

② 伯里尼编：《诠释与过度诠释》，王宇根译，三联书店1997年版，第76页。

对现代主义和后现代主义，哈桑有一个总的从文学到文论的区别，[①] 这个区别更加发人深省（参见表3—1）：

表3—1 **现代主义、后现代主义区别表**

现代主义	后现代主义
浪漫主义/象征主义	“虚构解决说”/达达主义
形式（联结的、封闭的）/目的/预谋性	反形式（分裂的、开放的）/游戏/偶然性
等级序列/控制/逻各斯	无序/枯竭/静寂
艺术客体/完成的作品 距离/创作/整体化 综合/此在/围绕中心的	过程/行为/发生着 参与/阻遏创造/解构 对比/缺席/扩散的
体裁/疆界分明 语义/范式/附属结构 隐喻/选择/独根/深度	文本/互涉文本 修辞/系统性体系/并列结构 换喻/组合/散须根/表面
阐释/阅读 所指/供阅读的 叙述/宏观历史 总体代码/征兆/类型	反阐释/误读 能指/供写作的 反叙述/微观历史 独特用语/欲望/变体
生殖器/阳物 偏执狂 本源/原因 上帝/圣父 确定性 超验性	同质异形/雌雄同体 精神分裂 差异延宕/印痕 圣灵/反讽 不确定性 内在性

这是一个非常精辟的概括。后现代以感官快乐为目的，以身体体验为基础，以性快感为中心，取消自我中心，取消主义，反对阐释，强调欲望，拒绝隐喻，取消深度，把一切平面化，取消真实与虚构的差别，立足现实，带来了零乱、边缘、卑琐的文风。后现代

① 伊哈布·哈桑：《后现代转折》，见王岳川、尚水编《后现代主义文化与美学》，北京大学出版社1992年版，第118—119页。

主义文艺相对于现代主义的精英文化特征，竖起了一面大众文化的旗帜，成为大众文化的代言人。

根据张首映的概括，大众文化相对于现代主义的以日神为图腾，而追寻酒神精神，以本能和欲望为自己的追求，以体现大众文化的特性。

大众文化在政治上体现为民粹主义和无政府主义，在经济上体现为利己主义和短期行为，在社会生活中表现为世俗化乃至市侩气息。后现代作为大众文化的代言人或本身就是大众文化，用世俗化和市侩气息对抗现代的贵族化、田园风光式的安逸感及典雅作风，反现实，反偶像崇拜，反崇高，表现那些见不得人的卑微、猥琐、恐怖及情欲、性欲、痛苦、疾病、死亡，等等，声称“没有什么不能表现的”。大众文化表现出通俗化和随意性。后现代凭借大众喜欢的侦探小说、科幻小说等通俗文化艺术作品，与现代主义抢占市场。与现代主义作品艰涩难懂，大学教授也读不懂不同，后现代文学通俗易懂，平易近人。由此，大众文化趋向于文学的扁平化和创作的游戏性，忌讳深不可测、庄严凝重的作品和创作行为。这里我们需要谈一谈巴赫金与罗兰·巴特。

巴赫金的文论是典型的后现代文论。他的《陀思妥耶夫斯基诗学问题》，提出世界的多元存在，认为批评家应以平等的态度开展文学批评。在他看来，文学中有两种结构，一种是一元化的独白结构，另一种是多元化的复调结构。前者的代表是托尔斯泰，后者是陀思妥耶夫斯基。在陀思妥耶夫斯基的小说中，独白性的统一世界被破坏了，但截取来的现实生活的片断，绝非直接结合在小说的统一体中，因为这些生活片断都足以代表这个或那个人物的完整视野，都反映着这个或那个意识的理解。① 所谓复调，就是传统的眼光中的支离破碎的生活，巴赫金认为世界是多面体，而不是绝对的统一体，这才是真正的世界。

---

① 巴赫金：《陀思妥耶夫斯基诗学问题》，三联书店 1988 年版，第 49 页。

复调同时也是对话。复调小说是不同的人物进行对话，平等交流，批评家与作者和作品也进行平等对话。作者和作品中的人物也具有对话性，作者不再武断地驱使人物。同时，作品中的人物自我对话，自我尊重又自我揭露，充分体现出平等精神。

巴赫金的平民意识还体现在对“狂欢节”的推崇上。作为一种文化相对主义批评，巴赫金与后现代文化同步。大众文艺喜好热闹，更爱狂欢节。“狂欢节”文化的反讽被后现代青睐：愚蠢是自由自在的节日的明智，没有官方的规范约束，戏谑、怪诞、轻松、放纵，抛弃一切权利、文化等，由此组成一个绝对平等自由的乌托邦。后现代文化具有一切大众文化的特性，它本身就是大众文化。这也是为什么金钱、性是后现代文学的主题的原因。[①]

巴赫金讨论拉伯雷《巨人传》的狂欢节话语，使用开放性、反讽、语言狂欢、身体、诙谐、怪诞等词语，与后现代同调。反主体，反理性、身体主体，强调感官体验，推崇情欲，平面化，无深度，都是一致的。他分析拉伯雷《巨人传》，推崇“欢乐、丰满和战无不胜的肉体对抗着中世纪恐吓人和压迫人的严肃性，及其既要恐吓又充满恐惧的思维方法”[②]。“文化狂欢节是一种开放的哲学或敞开的没有界限的意识形态，是一种多元多样的无限的文化享乐主义，甚至是一种纵欲主义，具有‘世界观意义’。”[③] 确实如此。巴赫金开后现代身体写作的理论先河。巴赫金认为物质——肉体下部是拉伯雷作品中的重要形象：“整个拉伯雷世界，无论是整体还是细节，都急速向下，集中到地球和人体的下部去了。”[④] 之所以如此，是因为：“物质——肉体下部是有生产效能的部位。下部生育着，并以此保证着人类相对的、历史的生生不息。一切腐朽的事物

---

① 张首映：《西方二十世纪文论史》，北京大学出版社1999年版，第481—485页。

② 巴赫金：《弗朗索瓦·拉伯雷的创作与中世纪和文艺复兴时代的民间文化》，《巴赫金文论选》，中国社会科学出版社1996年版，第195页。

③ 张首映：《西方二十世纪文论史》，北京大学出版社1999年版，第349页。

④ 巴赫金：《巴赫金全集》第六卷，河北教育出版社1998年版，第429页。

空泛的幻觉都是在那里死亡，而实实在在的未来的东西又在那里诞生。”[①] 从民间文化、下半身、肉体这几个词，我们看到民间写作及下半身写作的来源。他们一定对巴赫金这段话颇感亲切：“驱散包围着世界及其一切现象阴沉、虚伪的严肃气氛，使世界有另一种外观，更加物质性，更加贴近人和人们的肉体，更具有肉体的合理性，更容易接近，更轻松。而且描述世界的语言也会是另一个样子，是狎昵——欢快的和大无畏的。”[②] 这就是中国的民间写作、下半身写作的直接的理论来源。

当然，不能忽视的是，巴赫金对《巨人传》的戏仿手法、游戏语汇的推崇。“戏仿体的预言、预报和占卜的基本艺术任务，是废黜中世纪世界观念上的阴森恐怖的世界末日论的时间，在物质和肉体层次上把它更新，把它尘世化、肉体化，把它变成美好和快活的时间。游戏形象在多数情况下也是服从这个任务的。”[③] 于是文化狂欢节也具有反讽特性。一切二元对立都是正反同体，互为嘲讽：生/死、爱/恨、智/愚、洁/污……巴赫金可以说提前预告了后现代无边界、无等级、反结构、纵欲狂欢、身体中心的世界。

罗兰·巴特的文论也体现出同样的特点。他的关于身体阅读的理论我们已经介绍过了。作为解构主义文论的重要一员，罗兰·巴特关心互文性，关心文本的外在的符号即能指，而不寻找背后的结构和意义，把阅读与写作均看成游戏。

阅读与批评的游戏性质在巴特的《恋人絮语——一个结构主义的文本》和《S/Z》两书里体现得淋漓尽致。巴特把文本看成互文性文本，即一个文本不是孤立，而与其他文本有相似性，因而也就不再有独立性和封闭性。这和新批评完全相反。巴特对巴尔扎克的现实主义作品《萨拉辛》的解构主义阅读，把一部清晰、完整的现实主义作品变成了一部松散、破碎、意义互相对抗、渗透、颠覆的

---

① 巴赫金：《巴赫金全集》第六卷，河北教育出版社 1998 年版，第 439 页。

② 同上书，第 441 页。

③ 巴赫金：《巴赫金文论选》，中国社会科学出版社 1996 年版，第 208 页。

现代主义或后现代主义的作品。[①]

大众文化的通俗性、反意义的游戏性，给后现代带来一个与现代主义在修辞上的根本区别，这个区别和后现代的欲望主体一样重要，那就是后现代的拒绝隐喻。沃森曾研究四位典型性的后现代主义作家，发现这些作家“怀疑作为一种超理性真理的现代主义的隐喻概念，因为这一真理把似是而非的对立和现代主义的神话统一了起来，而后者则使之成了一个有利于艺术的序列以及主体性自我之约束的原则”[②]。

罗伯·格里耶认为，“在从前的小说中，外界的事物和人都仅仅是一个空壳，小说家所描写的只是它们所表现的含义和象征。他认为小说首先应该让物体和人的姿势实实在在地存在着，首先要描写它们的表象，这样才能谈到其背后隐藏的东西。”[③] 那么现在呢？法国20世纪50年代的荒诞派贝克特的《等待戈多》、尤涅斯库的《秃头歌女》以不合逻辑的情节，性格不定的人物，机械重复的表演，紊乱枯燥的语言，开后现代先河。[④] 美国20世纪50年代出现了“垮掉的一代”、“自白派”和“黑山诗人”，反文化，反一切传统，这也是后现代的开始。20世纪60年代有了“黑色幽默派”。这派作品没有连贯的情节，没有明确、完整的人物，常用反讽的手法。拉美20世纪60年代的魔幻现实主义也加入了后现代的潮流。

詹姆逊（即詹明信）说：“取消高级文化和所谓大众文化或商业文化之间的（基本上是高度现代主义的）界限，形成一些新型的文本，并将那种真正文化工业的形式、范畴和内容注入这些文本，尽管从里利维斯和美国新批评直到阿多诺和法兰克福学派所有的现代批评家都强烈地谴责这种文化工业。事实上，后现代主义迷恋的

---

① 张首映：《西方二十世纪文论史》，北京大学出版社1999年版，第446页。

② 转引自汉斯、伯顿斯《后现代世界观及其与现代主义的关系》，见佛克马编《走向后现代主义》，王宁等译，北京大学出版社1991年版。

③ 马汉广：《西方后现代文学与文化研究》，黑龙江大学出版社2007年版，第70页。

④ 同上书，第69—72页。

恰恰是这一完整‘堕落了的’景象，包括廉价低劣的文艺作品、电视系列剧和《读者文摘》文化、广告宣传和汽车旅馆、夜晚表演和B级的好莱坞电影以及所谓的亚文学，如机场销售的纸皮类哥特式小说和传奇故事、流行传记、凶杀侦探小说和科幻小说或幻想小说：这些解释他们不再是只是‘引用’，像乔伊斯或梅勒之类的作家所做的那样，而是结合进它们真正的本体。”[①] 这充分说明了美国的文化沙漠的特性。

最后简要介绍美国的后现代诗歌。

（三）濒临死亡的美国诗歌

美国的后现代从20世纪50年代垮掉的一代开始。金斯堡的《嚎叫》成为垮掉一代的形成标志和代表作品。

垮掉的一代过着一种典型的后现代的生活方式：奇装异服，蔑视传统观念，厌弃学业和工作，长期活动在低级酒吧间里、阴暗的街道上，过着放荡不羁的生活，组成地下社会。他们在书店、俱乐部、咖啡厅、餐厅等各种场所朗诵诗歌和小说，讴歌他们群居、吸毒、饮酒、滥交等反叛生活。由于媒体鼓吹，加上商业宣传，美国青年纷纷接受“垮掉”的生活方式。一时爵士乐、摇摆舞、吸大麻、性放纵及至参禅念佛和漫游旅行风靡全美，乃至影响了欧洲。[②]

垮掉的一代的创作和生活方式虽说有客观原因，但根本原因还是后现代思想在现实中自我实现的必然结果。它是西方文化自我运动的结果。追求感官快乐、性放纵是哲学的必然。而客观环境的影响，时代环境的影响是次要的。

金斯堡在一首叫作《田园对白诗》[③] 的诗中写道：

---

① 詹姆逊：《后现代主义，或后期资本主义的文化逻辑》，见王逢振编《最新西方文论选》，漓江出版社1991年版。

② 参见曾艳兵《西方后现代主义文学的研究》，中国社会科学出版社2006年版，第155页。

③ 董鼎山：《美国作家与作品》，光明日报出版社1988年版，第33页。

千年之后
如仍有历史
它将这么记录
美国是个讨厌的小国
充满了狗鸡巴

至于《嚎叫》就更有名了。

他们在想象的旅馆里吞吃火焰，在天堂胡同里饮服松节油，要么死去，要么夜复一夜静炼自己的躯干，做着梦，吸着毒，伴着苏醒的恐怖、乙醇、同性恋爱和跳不完的舞会。

这就是垮掉一代的语言风格。如果认为《嚎叫》是对资本主义的控诉，那就是传统的认识了。《嚎叫》里没有批判，也没有愤世嫉俗，里边只有感官的沉迷，对身体的极乐的描绘。这才是后现代。

除此之外，垮掉的一代自有其意义。那就是“针对学院派晦涩深奥、狭窄封闭的象征主义诗风”。垮掉派诗人创造了一种更为普及的大众化“开放诗”体。他们强调感觉自然流露，主张打破作者和读者的障碍，将诗歌变成艺术演出，创作所谓“放射诗”。雷克罗斯认为，诗歌是人与人言语上的交流，所以应写出避免学究式的含糊不清和上代人的形而上学的词句游戏、努力寻求意象的明晰和语言的简单。金斯堡曾经在威廉斯的影响下在诗的口语化上狠下工夫。他在诗歌中常常把日常用语，甚至粗俗的词语也写进诗里。金斯堡在《评伯罗斯的小说》① 中写道：

---

① 曾艳兵：《西方后现代主义文学研究》，中国社会科学出版社 2006 年版，第 165—166 页。

写法必须是纯粹的肉，
别用象征主义调味品，
真实的场面，真实的监狱，
就像当时现在见到的样子。

所谓“象征主义调味品”，当然指象征、隐喻的手法的运用，它正是现代主义的精髓。

美国其他后现代主义流派中，投射派、自白派、具体诗派和语言诗派等，各有特点，但共同的一点就是对感官的沉迷和口语化的写作。下面还是根据曾艳兵的叙述略作分析。

投射派又叫黑山派，投射派掌门人奥尔森发表了著名的《投射诗》的论文，攻击当时英美论坛的盟主艾略特，这也可以被看作是后现代对现代的总攻击。他抨击艾略特的诗歌植根于人的头脑，而且是迂腐的学究的头脑。而他强调的是诗的开放性，把诗的能量传给读者。

投射派推崇即兴的、自然的创作，强调自我和个性的统一等等。都与现代主义的学院色彩迥异。

又有自白派诗歌。自白派同样坚决反对艾略特的诗歌创作和新批评理论。艾略特有一个著名的荒唐理论：“诗不是放纵感情，而是逃避感情，不是表现个性而是逃避个性。”于是新批评就认为批评家应将作家排除在研究之外。自白派于是走向另一个极端，他们在诗中毫无顾忌地描写个人隐私，比如性欲、死念、羞辱、绝望、精神失常，等等。这样看来，自白诗接过了浪漫主义表现自我、表现个性的传统，是一种新的浪漫主义。

从自白派的代表诗人洛威尔可以看出，在诗风上，垮掉派对自白派的决定性影响。洛威尔是听了金斯堡的朗诵，才转变诗风，转入自白诗写作。他的诗语言平易，强调即兴自白，自白派从内容到风格与垮掉派一脉相承。

又有所谓语言诗，它与德国的具体诗很接近，同为后现代诗流派。他们特别强调语言意识，对传统的诗歌是描绘现实生活，表现人类情感的语言工具论大为不满，认为是语言产生了经验。伯恩斯坦说："语言是思想和写作的原料。我们用语言思考和写作。它使两者建立其内在联系。正如语言不是与世界可以分离的东西，它倒是世界赖以成立的手段，所以思考不能视成是'伴随'对世界的体验，不能说成是它在这世界上通报的那种经验。通过语言，我们体验世界，事实上通过语言，意义进入世界，获得存在。"在梅塞里《语言诗的前言》中也说："语言不是解释或翻译经验的载体，而是经验的源泉。语言是感性认识，是思想本身。"①

看来，语言诗的语言理论是现代与后现代语言理论的杂烩。既不废弃意义，又强调语言的感性认识。因此，语言诗也兼具现代主义与后现代主义的特点。但主要是后现代主义，他们在诗里打碎常规的句法和词法，把语言乱七八糟拼凑在一起，沉溺在语言的游戏中。当然我们要注意，这种拼贴戏拟的"乱"与现代主义的象征是不一样的。他们发明了若干语言游戏，目的是恢复语言的质感，效果当然是事与愿违的。

从美国后现代诗歌作品来看，作品与他们的理论有一点距离，也有一部分现代主义风格明显。但从总体看来，美国20世纪50年代以来的诗歌作品大都诗风通俗，充满感性色彩。② 这也正是后现代的主要风格。③

---

① 以上均根据曾艳兵《西方后现代主义文学研究》，中国社会科学出版社2006年版，第220—222页。

② 参看张曙光《从现代主义到后现代主义——二十世纪美国诗歌》，黑龙江大学出版社2002年版。

③ 有关资料参看：赵毅衡译《美国现代诗》，外国文学出版社1985年版；张玉清《20世纪美国诗歌史》，吉林教育出版社1995年版；丹尼尔·霍夫曼主编《美国当代文学》，中国文联出版公司1984年版；安依曼·考德拉斯库《1970年后的美国诗歌》，马永波译，北方师范大学出版社2000年版；《美国现代诗选》，赵毅衡编译，外国文学出版社1985年版；彼特·琼斯《美国诗人50家》，汤潮译，四川人民出版社1989年版；彭予《美国自白诗探索》，社会科学文献出版社2004年版；王卓《后现代主义视野中的美国当代诗歌》，山东文艺出版社2005年版；陈树选编《破碎的主观铜像——外国后现代主义诗选》，敦煌文艺出版社1996年版。

据报道："创立于1912年的《诗刊》是美国最有影响的诗歌类杂志之一。许多诗歌爱好者都把在该杂志上发表一篇作品作为自己的理想。有人说，在《诗刊》上发表一篇作品，就好像进入了美国诗歌史的名人殿，并在现代诗歌史上扮演了一个小小的角色。但是，美国的诗歌类刊物却很少有人买，在美国的许多公共图书馆里，很难看到《诗刊》这样的杂志。《诗刊》是同类杂志中销量较好的，固定订户也只有8000人左右。所以长期以来，《诗刊》和其他'兄弟刊物'一起，一直在破产的边缘挣扎。"①

还有："无论学院试验，诗是所谓高尚文化，与影视娱乐畅销小说的通俗文化相比，是极小圈子里的事件。诗人之外读诗的人不多，其中从事其他媒体的艺术创作者占很大比例。诗刊、诗集、诗选、诗论、诗朗诵是诗人面对外部世界的全部，似乎与中国眼下情形相仿。"②

北岛说："诗歌正在成为中产阶级的饭后甜点，是种大脑游戏，和心灵无关。""从1950年代末至今，美国大批诗人进入大学教写作，诗人的地位发生了变化，生活有了保障，渐渐变成中产阶级的一部分，想象力变得贫乏苍白。对于学生来说，写作本来需要原始冲动，是反对权威的，现在他们得紧跟随教授才行，写诗变成了个生产过程，好像诗是可以制造出来的，诗人也是可以被制造的。由于这种误导，产生了众多平庸的诗人，因为没什么好写的，大家开始讲故事。现在美国诗歌主流叫做叙事性诗歌（Narrative Poetry），那甚至也不是故事，只是些日常琐事，絮絮叨叨，跟北京街头老大妈聊天没什么区别。"③

美国诗歌及其生产体制并不值得我们效仿。美国诗歌已经濒临死亡。新诗对西方诗的亦步亦趋，奴颜婢膝，是一件十分可笑而令人百思不得其解的事。

---

① 《1亿美元捐款害了美国〈诗刊〉》，《环球时报》2003年12月31日第四版。

② 张耳、周瓒：《书面访谈：旁观者是诗人的最佳位置》。

③ 翟頔：《中文是我惟一的行李——北岛访谈》，《书城》2003年第2期。

李欧梵说：“美国的文化，一直是注重身体外型的，对人的内心的精神状态没有办法表现，只能用肉体、药物和性。现在还是这样。”[①]

美国是后现代主义的发源地之一，也是世界文化沙漠的中心。不管美国的科学技术有多先进，它的民主体制有多健全，它的言论有多自由，它的物质有多丰富，它的艺术市场有多发达，不管美国的大学排名在世界上多么靠前（也许大学就是文化沙漠的发源地），美国不折不扣地是一个文化大沙漠。

同样的，中国港台地区不管它有多少流行歌曲，不管它的大学排名有多么靠前，也不管它有多富裕，社会有多民主，各种体制有多健全，它也是个文化沙漠。

现在已经进入世界性的文化沙漠的时代。而粗俗的美国文化就是世界文化沙漠的中心和起源。世界文化沙漠从美国开始，慢慢覆盖欧洲，再覆盖亚洲的日本、中国港台地区、中国大陆，最后覆盖全世界。

余论：理论的困境与探索

于坚自20世纪90年代以来发表了一系列的反现代主义的理论文章，这些文章语言流畅，思维清晰，在一大堆思维语言混乱的诗歌论文中鹤立鸡群。于坚在新诗理论建设中与臧棣堪称双峰并峙，而独创性则过之。他的最主要的观点即“拒绝隐喻”这个后现代的核心论点。[②] 于坚在《诗歌精神的重建》表达了自己的诗歌理想：“这些诗歌看起来似乎是：自虐的、反讽的、黑色幽默式的、陌生化的。”“这些诗使诗再次回到语言本身。它不是某种意义的载体。它是一种流动的语感，使读者可以像体验生命一样体验它的存在，

① 李欧梵：《徘徊在现代和后现代之间》，上海三联书店2000年版，第26页。

② 于坚：《从隐喻后退——一种作为方法的诗歌》，《作家》1997年3月。

这些诗歌是整体的、组合的、生命式的统一成流动的语感。”① 这说明于坚是个真正的内行。

但是他和后现代一样，对理解即懂与不懂的问题持回避态度，认为那不是关键的问题。他之所以拒绝隐喻，乃是因为隐喻对事物的遮蔽。“拒绝隐喻并不意味着一种所谓客观的中立的非修辞的或转喻的写作。对这种可能性的指望实际上正在陷入隐喻无所不在的陷阱。”②这在他的诗作《对一只乌鸦的命名》中也看得很清楚。于坚在此有非常天才的发现。所谓元隐喻、能指和所指合一，后来的隐喻变成了言此意彼。这正是诗歌陈陈相因，缺乏创造力，也缺乏感染力的原因。为什么呢？言此意彼，意味着意象与意味的分离，意象成为语言的附庸，成为理性的附庸。意象就变得苍白、无力，缺乏感染力。

关于这一点，前面我们已经有很详细的论述。这里笔者想说的是，现代主义的问题不在于遮蔽，而在于不懂。不懂是首要的，遮蔽是次要的。正因为不懂，才产生了遮蔽。用王国维的话说，就是“隔”。这是另一种意义的遮蔽。从本意来看，现代主义也是想去蔽的。

问题就在这里：去蔽以后呢？就有诗了么？事实上，于坚及其同道20世纪90年代以后的诗歌，和90年代的现代主义诗歌一样，都是失败之作。比方《0档案》，比方《飞行》，比方《礼拜日的昆明翠湖公园》：“三点钟进来时　个个衣冠楚楚　站有站相　坐有坐相　他舅舅　特别注意　不揉皱裤子上的线条　胖姨妈　最担心果汁　滴在旗袍上　他叔叔　要戴着有色眼镜　看各色人物　他父亲　在一群蝴蝶中　正襟危坐”。这依然不是诗。虽然没有遮蔽。

现代和后现代的共同困境就是没有创造力。没有感染力。没有活力。

新时期以来，各种理论竞起。在20世纪80年代，由于现代主义的崛起，压倒现实主义，一支独大，诗歌理论也是现代主义一枝

---

① 陈旭光：《见快餐馆里的冷风景》，北京大学出版社1994年版。

② 于坚：《棕皮手记：1990—1991》，花城出版社1997年版。

独秀。90 年代以后，后现代主义与之竞争，一时诗歌理论花开两朵。但是其他诗论依然存在，而且其影响不可忽视。现实主义理论一直作为现代主义的对立面出现，时刻保持对现代主义的攻击姿态。浪漫主义理论看上去消失已久，其实浪漫主义理论与现代主义融合，成了现代主义的一部分，而且是基础的支持的部分。90 年代以后，随着对 20 世纪的整体反思，又出现了面向传统的诗论。这种诗论冲击力更大，它对新诗百年来的方向提出质疑，认为新诗自诞生之日起即以反叛传统为自己成立的基础和理由，对西方诗歌亦步亦趋，从而割裂传统，全盘西化，犯了方向性的错误。其中也有些对新诗的整体思考，避开了新诗方向的具体问题，试图对新诗做本体论的思考。不过不管是现实主义还是整体思考，它们不仅影响不大，理论的创新意义也不大。这里笔者主要谈一谈 90 年代以后出现的面向过去的新传统主义的诗歌理论。

1993 年，郑敏在《文学评论》第 3 期发表题为《世纪末的回顾：汉语语言变革与中国新诗创作》，是中国文学史上的一件大事。这是百年中国文学西化运动中第一篇面向传统的文章。郑敏在文章中说：“胡适等一方面坚持各时代应有自己的活语言，一方面又对被他定为‘死语言’中的白话文部分赞美备至，而将唐诗宋词及更古的魏晋南北朝的一切文学哲学作品都贬为死语言的作品，因而不值一顾。今天回顾，读破万卷书的胡适，学贯中西，却对自己几千年的祖传文化精华如此弃之如粪土，这种心态的扭曲，真值得深思，比‘小将’无知的暴力破坏更难以理解。”这可以说击中了文学西化思潮的要害。不管有人如何认为郑敏误解了胡适，[①] 也改变不了这一基本事实：西化思潮确实是把中国文学传统视为粪土的。

不过有意思的是，郑敏反对忽视传统，为传统辩护，用的却是最时髦的索绪尔和德里达的语言学理论。这实在是一件有意思的事

---

① 范钦林：《如何评价“五四”白话文运动——与郑敏先生商榷》，见《文学评论》1994 年第 2 期。

情。笔者虽然高度赞赏郑敏的开创性的贡献，但也不得不认为，郑敏的理论基础却不是很牢固。

郑敏从德里达入手，批判新文化运动的语音中心论，强调文本，否认言文一致的理论。她认为德里达不仅解构了语音中心论，还要解构作为语言踪迹的文本，如果这样，中国古代的言文不一致是最理想的状态了，这是郑敏的理解。

但德里达的延异，以及对语音中心论的解构，确是把文本的结构当作游戏，以达到不断创新的自由境界，否认客观中立的标准，就是要否认传统的真理论，就是否定主体性及德里达深恶的人本主义，事实上，德里达颠覆语音中心论，选择文本，也并无太大的根本性变革。文本不可能脱离语音存在，文本中心论就比语音中心论好吗？“德里达之倾向于书写化的文本，并不是因为成为了文本的语言符号已经根本不同于作为语言符号的话语，而是因为德里达在摧毁传统文化的战斗中，他别无选择地所面对的，只是而且已经只是语言符号罢了。”[①] 如果按郑敏的理解，那就成了新的中心论，进入新的二元对立，而这正是德里达要反对的。

德里达想取消二元对立，首先针对能指/所指。德里达说：“于是，通过解构，语言侵入了无所不有，疑难重重的领域，此时此刻，没有了中心或根源，一切都成了话语。”[②] 攻击语音中心论不是确立文本中心论，而是解除主体中心的秩序，进入真正无中心的自由地带，这也正是游戏概念的本意，郑敏显然完全理解错了。

郑敏之后，又有一些对新诗与传统关系的辨析之作。影响比较大的有李怡的《中国现代新诗与古典诗歌传统》[③] 和邓程的《论新诗的出路——新诗诗论对传统的态度述析》[④]。李怡的著作出发点

---

① 高宣扬：《后现代论》，中国人民大学出版社 2005 年版，第 282 页。

② 同上书，第 84 页。

③ 李怡：《中国现代新诗与古典诗歌传统》，西南师范大学出版社 1994 年 4 月初版；北京大学出版社 2008 年增订版。

④ 邓程：《论新诗的出路——新诗诗论对传统的态度述析》，中国社会科学出版社 2004 年版。

和郑敏不同，主要是立足新诗，通过辨析新诗与传统的关系再一次确证新诗抛弃传统、进行西化的合理与合法。邓程的著作在立足点上则与郑敏是一致的。因此，该书一出版，便在新诗界引发轩然大波。对于该书的内容，此处不予评论，有兴趣的同好可参考学界同行的评论。[①]

总的说来，新诗百年的失败一次又一次地证明了西方道路的失败。要我说，西方诗歌从根本上就是一个大失败。自有人类以来，文学表达方式或者说艺术表达方式就只有三种：赋、比、兴，中国文学以外，包括西方文学的表达方式，从古希腊开始，就是赋与比的表达方式，拒绝隐喻无非就是赋，它包括了古典主义和现实主义、自然主义、后现代主义。其他，明喻、隐喻、象征都是比，它包括了浪漫主义、象征主义和现代主义，也包括从希腊神话荷马史诗以来的一切比喻写法。只有中国文学，有全人类独一无二的“兴”的表达方式，它近乎完美地解决了言与意的矛盾。

新诗自诞生到现在也有将近一百年了，由于新诗与传统的断裂，新诗一步一步地走向困境，以至于今天出现了大众恶搞诗歌的前所未闻的惨痛局面。诗歌出现现在的局面主要是我们自己的责任。我想，我们的诗歌如果能正确处理好与传统的，与外来的，与时代的，与社会的各种关系，诗歌应该会有一个光明的未来。

附 1

时代与诗人

——路也的诗歌道路

中国变成一个完全彻底的金钱社会是 20 世纪的 1992 年的事情。可能有人会有疑问，有那么一回事吗？有那么精确那么明显

① 王泽龙：《新诗的困惑与选择——评邓程〈论新诗的出路〉》，《文艺研究》2009 年第 12 期；廖四平：《别开生面 自成一家——评邓程〈论新诗的出路〉》，《东方论坛》2010 年第 4 期。

吗？这会不会又是文人的夸张，是一种哗众取宠？不是。在 20 世纪 90 年代初，中国确实发生了一个翻天覆地的变化。这个变化，在我看来，一点都不亚于以往的任何一个历史变革。我觉得这个变化，是真正的中国与世界接轨的变化，也就是从 1992 年以后，中国就放弃了自己的文化的最后一点独特性，彻底地成了继日本、中国港台地区、韩国、新加坡的以后的一块美国的文化殖民地。

没有哪一个时代发生了这么多的观念的变化。西美尔和韦伯在他们的不朽著作里都精辟描述了西方社会转型为金钱社会的人与社会的种种变化，这些变化在中国的 90 年代也一一发生。

金钱社会要实现其为金钱社会的理想，除了政治上、经济上的种种制度的转型，它首先要打倒一个敌人，这个敌人就是人们头脑中农业社会的残留物。它要使每一个人都变成一个可在市场上销售的商品，它要让一切可能的物品都成为商品。金钱社会天生和文学、艺术是势不两立的，因为文学和艺术是拒绝出卖，文学艺术的天生懒散的性格也和金钱社会格格不入。金钱社会要扫除一切多余的情感包括爱情。一切脉脉温情都是商品的反面。事实上，在金钱社会感情也被改造成了商品，金钱是衡量一切的标准。在金钱社会，只发生一件事，只有一件事是正事：那就是交易。

在中国，诗人都是 80 年代的残留物。90 年代以后再出诗人是不可思议的事情。80 年代，文学和艺术的地位如日中天，诗人成了时代的神。那时的诗歌运动此起彼伏，轰轰烈烈。各路来历不明的流浪诗人在大学校园里出没，在大学，最火的社团是诗社和文学社。这种风气吸引了一大批爱好文学或者不爱好文学的青年学子。

诗人路也，出生于 1969 年，1987 年读大学，1991 年毕业，刚好赶上 80 年代的尾巴。作为一个有天分的文学爱好者，路也就这样走上了诗歌的道路。80 年代真是成长的黄金时代。我相信，在 1977 年到 1987 年里，她一定读了大量的文学作品。这时她正好是八岁到十八岁。这十年，搭上了一个人的三个时期：童年、少年和青年。那些作品一定包括张承志的《骑手为什么歌唱母亲》、《黑骏马》、《北方的河》，史铁生《我的遥远的清平湾》，阿城的《棋王》、《孩子王》，还有张贤亮……这些作品风格各异，文字精练，感情炽热，富有感染力。它们曾经以其有力的思考、深沉的感情、雅洁的风格和贯穿始终的道德感打动了全国的读者，自然也会打动本文的主人公。这真是一个文学的黄金时代。

沉浸在文学世界里并走上了诗歌道路的学子，做梦也想不到这个世界会变，而且变得面目全非。像路也，1987 年入大学，又和诗坛的前辈不一样。80 年代中前期的诗人，乘着 80 年代的东风，在校的时候二十出头早早成名，等路也入学，他们都已经成名已久了。这批诗人，带着名声，在 90 年代大部分都顺利转变思维，改换门庭，两手抓，两手都硬，名利双收。像万夏，“万夏感叹，生于 1962 年，早两年出世，就会挨饿；经历了‘文革’，却没有深受其害；哥哥姐姐下乡，没有赶上那一拨；上了大学，还是大学生走俏的时候；诗人吃香的年代，写诗成名；邓小平南巡之后，开始做生意……”最后，“我们是幸运的一代！”（刘晋锋《万夏：一位文化商人的轻狂岁月》）而路也这一批呢？相差不过几岁，命运却大相径庭。

当路也入学的时候，如火如荼的诗歌运动已经接近尾声，但是诗歌还有足够的力量把爱好者拉入它的怀抱。不过诗歌界此时硝烟散尽，尘埃落定。座次已经排定，后来者惟有仰望。这还不是最可怕的。最可怕的是，80 年代终于走到了尽头，80 年代的脚步近了。

90 年代像一个巨大的机器，用它的简单的、粗暴的、有力的臂膀粉碎了 80 年代的一切。80 年代所珍视的：思想、感情、诗意、闲适，全部成了多余的可笑的东西。80 年代闭口不谈的金钱成了上帝。面对这一切，诗人怎么办呢？

有人就崩溃了，比方顾城和海子。有人就顺应时代的变化，改行做商人了，比方万夏、徐敬亚。有人继续做诗人，不过影响越来越小了，比方北岛、舒婷。原来 80 年代所信奉的那一切是如此的脆弱，风雅在金钱的铁拳面前是如此的不堪一击。

相比之下，路也这一批人走的路艰难何止百倍！和他们的前辈和晚辈相比，他们有很多的独特之处。他们对文学最虔诚，因为他们在80年代长大，度过童年、少年和青年；他们从文学获得最少，因为不仅位置全被占满了，而且他们刚好碰上正统文学的衰落，而他们又不屑于写黄色通俗小说；他们很单纯，因为他们的生活圈子从学校到学校，缺乏社会经验；他们不适应时代，因为他们所受的教育和80年代观念的影响；他们很高傲，因为他们在这个时代有精神优势；他们很自卑，因为他们在现实中处处碰壁；他们很幸福，因为有文学和爱情的理想；他们很孤独，因为他们遗忘了世界，世界也遗忘了他们……

从90年代至今，路也度过了十余年的时光。她是怎么度过这充满幸福与孤独的十余年时间的呢？我们在她的文章与诗里找到了答案。

路也对这个时代的脉搏把得有多准！“爱情按流行程序输入了电脑/最妩媚的笑容里也裹着一枚金币/人们已硬下心来并找到自我。”（《六十年代》）“青春被当成了广告/隐秘而闪烁的欲念在不洁的空气中弥漫。”（《长途汽车》）“售票员的脸像一张崭新而挺括的人民币/刚焗油的头发呈块状而失去了丝的感觉/我告诉目的地，他说：‘十四元五角。’/对于他我不是一个人，而是十四元五角。”（《长途汽车》）难道不是这样吗？一个人的存在对另一个人而言，只不过具有货币价值与否，而不管他们之间的关系是情人或者陌生人。“像一盘再也无法挽回的棋局/或者破碎得难以拼合的镜面：建设银行、按摩厅、小芳发廊、炸鸡店/旺旺快餐、婚纱影楼、收费公厕/朝小康奔驰的摩托、初级阶段的面部表情/它们扬起惬意的尘土，让大脑一片空白/没有了芙蓉花、泡桐、扇叶草和云渠/没有了脉搏强劲的水泵和石头小屋/那么我们用什么来进行交谈/谁还听得懂十八年前的语言？”（《重返终宫》）是啊，谁能听得懂过去的语言呢？在这个新时代？

“谁能理解，一只蝉要去访问它的蝉蜕”（《重返终宫》）。“站在风里，我孤零零地发亮”。(《重返终宫》)“希望有一天我的伤感和我一起消失/而诗会留下来”。(《重返终宫》) 这就是诗人的幸福与孤独，伤感的幸福，孤独的幸福。

我喜欢路也的诗，喜欢那一点点怀旧的情调。喜欢她的《仲北小学》：

那些汉语拼音像彩色气球
拉线长长地拽在黄冬菊老师手中
我喜欢她有机玻璃似的声音、的确良似的举止
那被许多人的童年滋养并发甜的情感
那被红木槿讴歌着的青春
自从她带领我们去拾麦穗
自从我把那些麦穗统统写进作文
又过了多少年，多少个秋天

仲北小学，1976—1979
这所有履历表中的第一行
历史课本必讲的山顶洞人时期
时间像蜜蜂一样吮吸生命的花粉
当激情终于累弯了腰熬白了头
你会离我越来越远呢
还是越来越近？

我觉得在这样简单的句子里，有着真正的诗意。

路也在《诗探索》里有一篇文章，叫《郊区的激情》，充分地写出了她自己在这个时代的困惑与坚持。我们祝福诗人，希望她用她的诗作为自己生命的见证的同时，也给这个时代留下痕迹。

附 2

电视剧里的八十年代

最近有时间看了一个星期的电视剧，发现一个问题，那就是电视剧比小说要好。90 年代以来的小说，情节拖沓，人物苍白，文笔非常粗糙业余。电视剧则要紧凑得多，改编后再加上导演和演员的努力，大大弥补了小说的缺陷。

以前断断续续看过《永不瞑目》、《激情燃烧的岁月》正续集，感觉都不错，情节紧凑，悬念不断，而且人物很有立体感。这些就不说了。前段时间四川台正放《渴望》，《渴望》90 年代初刚放映的时候，我正自鸣清高，不看这种大众文化产品，这几天看了几集，颇有一些感慨。

《渴望》从“文革”演起，其实带有浓重的 80 年代的色彩，对“文革”的描写也是 80 年代“伤痕文学”式的。《渴望》里的人，穿得很土气，演员也很土，女的也不性感，穿得松松垮垮的。现在看来，演员神情也不活泼，其实符合当时 80 年代的情况。那时的人可不都穿一些难看的工作服么？那个王沪生，总一副情绪低落的样子，躲躲闪闪的，李雪健演的车间主任，也窝窝囊囊的。不过有一个细节，却更有 80 年代的特征。王沪生送姐姐走，姐姐上了车，还叮咛他，吃药，穿衣，别再感冒了。又把药给他，一天吃三次，每次两片。又扔了十块钱。王沪生看着火车走了，一阵风过，十块钱在地上飘。他那么落寞，拍得那么真实，那就是 80 年代的感觉了，因为那个时代就那么落寞。那么浓重的书生气，可不就是 80 年代么？

张承志《北方的河》，是一部非常精彩的小说，气势恢宏，低沉婉转。看这一个细节：

> 两个人弯下腰，在河沟里的陶片堆里一块块翻找着，试着把陶片对上罐子的断口。一块块陶片天衣无缝地对上去了，彩

陶罐渐渐地复原着。“啊，对上啦！又对上了一块！”她欣喜地悄声喊着，她已经深深地被这件彩陶吸引住了。

最后，只缺腹部的一块找不到。光洁流畅的线条从陶罐的肩部流到底部，只是中间残缺着黑洞洞的一块。“你瞧。多美啊，”她低声喃喃着，“可惜碎了。”世上的事情多么拗人心意啊，生活也常常是这样残缺。“可惜碎啦，”她重复地说。

还有这里：

徐华北推开其它照片，把那幅静物移到阳光晒不着的地方。“苍凉古老的黄土高原。生的欲望强烈得逼人的一片树林。端庄、美好、宁静的陶罐子，可惜它碎了。”她听着徐华北低沉的嗓音。他的嗓音很好，低音浑厚，她想。他们都有这样的嗓音。“它是碎的，不可弥补地残了一大块，哦，我，觉得，这简直就是我们这一代人的生活。”徐华北沉思着，斟酌着词句说。

“不仅仅是我们，”她怯生生地插话道，“这就是生活。”

多么精彩的描写，多少感叹！

另一个让我有所感慨的电视剧是《幸福像花儿一样》，我发现电视剧真是越来越精致了。这个电视剧描写80到90年代的转换，我是再熟悉不过的了。当时我在学校，和这个片子里的人差不多，他们在部队，性质有点相似，都面临时代的转换。和他们比起来，我尽量躲在时代的背后，而他们在风口浪尖。所以他们的那种痛苦比我要集中得多。我1991年大学毕业，在家里躲了三年，1994年读研究生，短短三年，翻天覆地！我居然听到中文系的女生当众谈钱！说想去赚钱，不想读书！我目瞪口呆！在80年代，这是多么庸俗的想法！不过我很快释然了，这是她看王朔小说看多了，在调侃自己哩！当然，过了很多年我才明白，这一点都不是调侃，时代确实变了。

电视剧便真切地描写了这一切。漂亮的大梅嫁给了断腿的高干子弟大海，经济浪潮一来，大梅“下海”挣钱，和大海离婚，还长篇大论地说到了外面的世界和里面的世界，那其实就是90年代对80年代的死刑宣判。大海痛哭，那种撕裂的痛苦，演得多么真实！不仅仅因为婚变，还因为精神被击垮了。还有孙俪演的那个舞蹈演员杜鹃，那个单纯、淳朴、倔强而又可爱的形象，真的可以乱真。这演员这么小，怎么演得这么好，这么细腻！她的那种对理想的追求，那种单纯的满足，是90年代所无法理解的，也是世俗所无法理解的。同样，她在90年代面前坚持自己的理想，又节节败退，又预示着80年代被90年代所击溃，全面崩溃的结果。

还有那个林彬，演员的分寸感也很好。林彬和杜鹃之间，有一个重要的细节，那就是《安徒生童话》不断出现。这个细节独具匠心，妙不可言。只有真懂80年代的人，只有真懂文学艺术的人才能设计出这个细节。80年代可不就这样么？优美，单纯，而又不堪金钱的一击？

90年代以来，中国发生了翻天覆地的巨变。中国正渐渐变成一个商业社会。在这个社会中，人与人正渐渐变成一种商品关系，那些脉脉温情将无可挽回地彻底消失。中国大陆，毫无疑问，正在成为、已经成为一个新的文化沙漠。社会越来越繁荣，物质越来越丰富，民主科学越来越成为现实。

时代潮流，浩浩荡荡。顺之者昌，逆之者亡。在这个世界进入文化沙漠的时代，文学艺术如黄鹤一去，永不再返。

附3

学问与黄色小说

我已经十几年没读过小说了。读的书成倍地增加，却仿佛与自己毫无关系。我以为是功利性的读书所致，没想到和时代相关。因为我生活在一个没有审美的行尸走肉的时代。这个时代，出版物数量空前增长，学者成倍增加，学问越发精致细腻，人人谈玄论道，满腹经纶。然而举目四顾，却是一片文化沙漠。

为什么？因为文学衰落了，没落了，粗鄙文化起来了。《庄子》有一段话，讲了一个故事：桓公读书于堂上。轮扁斫轮于堂下，释椎凿而上，问桓公曰：“敢问，公之所读者何言邪？”公曰：“圣人之言也。”曰：“圣人在乎？”公曰：“已死矣。”曰：“然则君之所读者，古人之糟魄已夫！”桓公曰：“寡人读书，轮人安得议乎！有说则可，无说则死。”轮扁曰：“臣也以臣之事观之。斫轮，徐则甘而不固，疾则苦而不入。不徐不疾，得之于手而应于心，口不能言，有数存焉于其间。臣不能以喻臣之子，臣之子亦不能受之于臣，是以行年七十而老斫轮。古之人与其不可传也死矣，然则君之所读者，古人之糟魄已夫！”（《天道》）

所以庄子说：“可以言论者，物之粗也；可以意致者，物之精也；言之所不能论，意之所不能察致者，不期精粗焉。”（《秋水》）

学问学问，或叫神圣的学术，充其量只是一种糟粕，它和流行的黄色小说一样，是“物之粗也”，也是粗鄙文化的一种。

在这个时代，产生的一切都是糟粕，因为当今一切文化产品都是粗糙的。怎么说呢？如今市面上全部小说都是酒色财气的小说，其中绝大部分又是纯粹的黄色小说。再精致的黄色小说也是粗糙的，比方获得茅盾文学奖的《白鹿原》，比方名声显赫的莫言、余华的小说。

黄色小说之所以粗糙，乃因为它直指人的欲望。而欲望，虽不可缺，却是对人生对世界的一种简化。学术之所以粗糙，那又是为何呢？一切学术，一切理论，虽不可缺，却同样是对人生对世界的一种简化。

黄色小说和学问之所以兴旺发达，是因为它们都和金钱紧密地联合在一起。金钱是这个世界上最抽象的东西，这一点和学问相似。金钱直指人的欲望，这一点又和黄色小说吻合。黄色小说、学问、金钱三位一体，即它们都是简单粗暴的载体。

在一个文化沙漠里，只有两棵植物长得茁壮茂盛，那就是学术和黄色小说。这是必然的，沙漠里气候适合学术和黄色小说。学术和黄色小说是沙漠里的仙人掌，它们廉价而必不可少，它们所需的养分不高，又是商业大众的精神食粮。学术是理性的简化，黄色小说是感性的简化。学术把理性推到极致，黄色小说把感性推到极致。它们相辅相成，珠联璧合。

学者一定会推崇黄色小说，正如黄色小说家需要学者。他们都一样的粗糙，这是第一。学者的精神都很荒芜，需要黄色小说的感性浇灌；而黄色小说家正好欺骗学者，获得理论支持，黄色小说就成了光荣伟大的创造。

黄色小说来自群众，又反哺于群众。学问也一样。性文化是大众文化的核心，是大众文化的发动机，几乎就是大众文化的全部。这一点已经得到美国及世界大众文化的现实所证实。而学问也来自现实并服务于现实。

黄色小说和学问统治了这个世界，而文学和艺术就这样被放逐了。那些细腻的或者粗犷的，精致的或者大度的情感没有了，只有欲望还在。不再有脉脉温情，只有凶狠的搏斗。肤浅，到处都是肤浅。到处是光鲜靓丽的肉体，就是没有精神。人生的意义何在？人生不再有意义。

一个真正的文化沙漠的时代到来了。它才刚刚开始。

后　记

2002年，我博士毕业时，绝没有想到还会出一本有关新诗的书。当时想新诗研究已经告一段落，可以转到其他早就准备好的方向。没想到毕业时出了一点变故，使得我对新诗的关注得以继续。同时博士论文以《论新诗的出路》的名义出版，在学界引起一些议论，而博士论文本身就是对新诗理论的研究，时间只延续到20世纪80年代，于是觉得有必要处理一下80年代以来的材料，于是就有了本书的撰写。但在材料的安排上颇费心思。有些理论不论放在哪里，总觉得有点割裂的感觉。术语上的使用也存在一些问题，比方解释学、阐释学、诠释学的使用就很麻烦，我在本书中对引用的原文一般不做改动，而我自己则选择用阐释学一词。

本书有一些个人的见解，可能并不高明，也可能是错误的。但本书的难度更在于知识结构。即对涉及的方方面面都需要一定的了解。通过知识的清理，以澄清当前新诗的种种混乱，以及理论上普遍存在的种种误区。本人的知识结构其实是不足以担当此重任的。学海无涯，学然后知不足，是所常叹也。

2009年暑假我在北大图书馆写成初稿。以后忙别的事情，一直没去碰它。今年下半年得到出版资助，才决定把书稿改出来，时间匆促，学识有限，本书涉及的各方面一定有无数的错误与疏漏，还望学界朋友不吝赐教。

本书得到华北电力大学人文学院出版资助，使得本书有机会得到关心新诗、关心时代、关心未来的各界朋友的指正，在此对华北电力大学人文学院谨表谢意。责编郭鹏先生的卓有成效的编辑工作使本书减少了很多错误，在此一并致谢。

邓　程

2013—12—19 于北京西三旗